JE SUIS TOMBÉE AMOUREUSE DE LUI LE JOUR OÙ JE L'AI QUITTÉ

NOAH DU B'

JE SUIS TOMBEE AMOUREUSE DE LUI LE JOUR OU JE L'AI QUITTE

ISBN : 978-2-36849-231-4

ENTRÉE EN MATIÈRE

Et bien, elle aura bien commencé cette nouvelle année 2008.
Ah, ça oui !
Pleine de bonnes résolutions…

Les gens qui ont passé l'année précédente à ne pas les respecter et à se trouver un tas d'excuses pour se justifier de ne pas le faire, sont tout contents de recommencer, une nouvelle fois, leurs jeux d'hypocrites…

Pour ma part, voilà tout juste trois heures que nous venons de la célébrer, et me voilà, déjà, assise à califourchon sur un garçon.
Garçon, assis sur les sièges arrière d'une voiture embuée par la chaleur de nos corps imbibés d'alcool. Voiture se trouvant sur le parking d'une maison de campagne d'un ami, qui a organisé, pour l'occasion, une énorme orgie, laquelle, par souci de moralité, nous appellerons : une soirée déguisée.

Après avoir basculé en 2008, les gens se sont soudainement lâchés.
Les filles ayant trop bu - autant dire toutes - se retrouvaient à danser sur les tables, à se faire peloter sur

un canapé ou à se faire embrasser fougueusement contre un mur.
Les garçons, eux, avaient perdu tout contrôle de leurs mains. Elles se retrouvaient sous une jupe pour certaines, dans un décolleté pour d'autres… dans une culotte pour les moins timides ; ça baisait dans tous les coins.

Je le sais, car, justement nous en cherchions un.

C'est fou ce qu'il pouvait y avoir comme pièces dans cette maison. J'avais ma main dans la sienne. Lui, marchait frénétiquement comme si quelqu'un de dangereux était à nos trousses. Je m'étais même prise à son jeu et commençais moi aussi à fuir quelque chose. L'alcool n'étant pas seulement à l'origine de cet élan de paranoïa. Les couloirs étaient assez étroits. Il me semblait que les murs dansaient. Le plafond semblait très bas. Je commençais à être essoufflée. Mais il resserrait ma main, plus fort, pour me tirer vers lui et ainsi me forcer à le suivre.
Parfois on s'arrêtait. Il me plaquait alors contre le mur pour m'embrasser chaudement.
Un regard à gauche.
Personne.
Un autre à droite.
Notre secret serait gardé.
Les gens semblaient assez ouverts, ou disons, assez sans gêne, pour faire d'une baignoire ou d'une cuvette de chiotte, un lit d'amour…
A chaque fois que nous poussions une porte, pensant enfin trouver un coin tranquille pour nous isoler, la scène à laquelle nous étions forcés d'assister avait pour effet de faire grimper encore un peu plus notre excitation.

Mais revenons sur le parking.
Il y fait à peu près zéro degré Celsius, d'où cette épaisse buée sur les vitres qui nous assure un minimum d'intimité, intimité dans laquelle je me fais adultèrement lécher les seins par mon ancien plan cul…
Oui.
Ancien.
Aujourd'hui je suis en couple.

Rire silencieux.

Il met sa langue dans ma bouche. Sa salive coule le long de ma gorge. Quel délicieux nectar ! Je dégouline de sueur et pourtant je suis complètement gelée. Le moteur tourne. La musique est forte. L'atmosphère est extrêmement chargée en testostérone.

On n'a même pas pris la peine d'enlever nos vêtements, j'ai ma robe remontée ou descendue, au niveau de la taille, mon soutien-gorge a atterri sur l'appui-tête.
Lui, il est à moitié torse nu, et son jeans est au niveau des genoux. C'est digne d'un film érotique vaseux…
Je lui lèche le torse du bout de ma langue, il a chaud et sa montée de chaleur me pousse à l'ébullition.

Quelle belle salope que je fais là !
Ça me fait même marrer deux secondes, quand je me revois, quelques heures auparavant, soufflant mes vingt-deux bougies d'anniversaire, sur le gâteau que mon gentil petit copain avait pris le soin d'acheter dans mon dos…
Je croyais penser vraiment, à cet instant précis, que j'en étais amoureuse.

Pauvre de lui, il commence cette nouvelle année, déjà cocufié !

Pour me justifier de me comporter si mal, je me fais mentalement la liste des comportements déplacés qu'avait pu avoir ce gentil petit copain à mon égard.

Oui, une salope est moins salope si c'est un salop qui l'a poussée à devenir telle.

Grégoire était loin d'être un garçon méchant mais il était tout simplement resté un adolescent. Un adolescent qui fume des pétards avec ses copains, qui deal de l'herbe de temps en temps et pour qui, rien n'est grave. Il oubliait de se rendre à nos rendez-vous, car trop déchiré pour faire attention à l'heure. Puis, d'autres fois, il était même trop bien calé pour finalement venir me rejoindre sur son scooter. Oui, et ce grand adolescent de vingt ans, qui avait mis fin à ses études avant même d'avoir passé son baccalauréat avait bien trop de préoccupations pour passer son permis de conduire.

« Ça servirait à quoi ? Paul a le sien… ça suffit. »

Une fois, alors que nous étions au restaurant - Oui, car j'avais eu la trop grande ambition de vouloir lui faire découvrir la cuisine japonaise, pour changer de son incontournable Mc Donald - son téléphone avait sonné et, sans explication, il avait quitté la table. Il n'était revenu que dix interminables minutes plus tard, en m'expliquant, qu'il avait dû dépanner un copain. Traduction : lui vendre de l'herbe.

S'il n'y avait pas eu tant de témoins autour de nous, je lui aurais sûrement planté ma fourchette dans sa jolie petite

main posée sur la table.
Qu'avais-je pu trouver d'attirant chez cet adolescent attardé, démuni de toute ambition ?

Mais revenons au début de l'Histoire.
Là où tout a commencé…

Oui, cette histoire avec un grand H…

Il faut avouer qu'elles n'ont jamais été simples mes relations amoureuses.

Toujours, elles ont occupé la première place dans ma vie, ce qui, forcément, les vouait à l'échec.
N'ayant pas reçu l'affection que tout enfant est en droit d'espérer de ses parents, j'ai pris la mauvaise habitude d'en attendre trop de mes petits amis.
Ils devaient à la fois être beaux, drôles, fourbes, sexy et en même temps être très intelligents, matures, calmes et posés.
Je me suis même rendu compte que j'attendais d'eux, de façon inconsciente bien sûr, qu'ils ressemblent à mon père.
Ce qui pouvait tourner au malsain…
Je voulais qu'ils éprouvent la même chose que moi. Que je sois la personne la plus importante au monde à leurs yeux, et, ironie du sort, lorsque cela était effectivement le cas, je ne voulais plus de cet amour, je me sentais étouffée.
Je voulais être rassurée, mais lorsque je n'avais plus aucune raison de douter, alors, le jeu prenait fin.

Je n'ai jamais compris les règles de ce jeu, dont je suis pourtant à l'origine…

C'est de cette façon que cela s'est passé avec H. d'ailleurs.

J'ai eu le coup de foudre à l'instant où je l'ai vu.
On ne croit à ces choses là, seulement le jour où elles vous tombent dessus. Impossible de ne plus y croire après cela.

Oui, c'est bien la foudre qui m'a frappée, ce jour-là. Il m'est apparu, tel un ange tombé des cieux. Il est arrivé, accompagné d'une fille aux grands yeux verts, que j'ai, au premier abord, trouvé très belle, elle aussi.
D'après les présentations j'en ai conclu que ce devait être sa petite copine. Mais cela ne me surprit pas. Comment un sourire pareil n'aurait pu être destiné à personne ?
Il s'approcha pour me dire bonjour. Il sourit. Il avait le sourire d'un enfant. Une de ses dents de devant était partiellement cassée, ce que je trouvais encore plus craquant ; je l'observais pour ne rater aucun détail : ses cheveux châtains étaient négligemment ébouriffés, il portait une veste noire, une chemise blanche, un jeans Levis et des baskets Nike blanches : simple mais tellement sexy !

A cette soirée d'anniversaire où on s'était fait virer du restaurant à cause du tapage, Anthony, l'ami qui nous avait réunis, avait fait irruption dans les cuisines à plusieurs reprises pour tenter de piquer des bouteilles de vin. Des verres avaient volé, nous étions ingérables. Des clients s'en étaient plaints. On nous avait demandé de bien vouloir quitter les lieux.

Dans la rue, le carnage avait continué ; on s'était retrouvés à dix dans ma voiture pour nous rendre place Saint-Pierre. H. avait sa tête au niveau des pieds de la place du passager et avait coincé sa capuche de veste sur le levier de vitesse. C'était du grand n'importe quoi !
Après quelques verres de plus, j'avais dû les abandonner, ayant cours le lendemain.
Sur le chemin du retour, je réalisais que je ne lui avais même pas directement adressé la parole. Sûrement trop intimidée par l'effet qu'il avait eu sur moi.

Quelques jours plus tard en buvant un verre avec Anthony j'avais tenté d'avoir des informations sur celui pour qui j'avais servi de paratonnerre.
Il m'expliqua que H. avait à peine dix huit ans - quand moi j'en avais vingt - et qu'il faisait partie de ces garçons qui ne couraient pas après les filles. Il conclut l'histoire en m'expliquant que ce n'était définitivement pas un gars pour moi ; j'acquiesçais et passais à autre chose.

Deux mois plus tard, alors que j'avais occupé mes soirées de célibataire dans les bras d'inconnus sans le moindre intérêt, je croisais H. dans une soirée, au Carnaval.*

Le Carnaval était pour moi un lieu de perdition, où je savais que la musique était bonne, mais je ne l'entendais jamais, au vu de l'état avancé dans lequel je me trouvais, à chaque fois que je m'y rendais avec mes copines célibataires.
La musique était effectivement bonne, les garçons s'y trouvaient en grand nombre, les chances étaient donc plus élevées d'y trouver un garçon à nos goûts.

(*) Carnaval : club toulousain : Monsieur Carnaval

Ce n'est pas ce que ça semble être, j'étais une fille prude qui ne faisait qu'embrasser les garçons mignons. Enfin à ce moment de l'histoire en tout cas…

Ce soir là, l'endroit était noir de monde, c'était une soirée spéciale. Il y avait eu une compétition de Wake au lac de Sesquière et donc tous les participants avaient fini ici.
Il y avait plein de *rider* saouls, qui commençaient à être de plus en plus lourds avec les filles.
Des bouteilles se brisaient, des gens tombaient à terre…
Et, c'est dans la foule que je l'aperçus.
Mon ange tombé des cieux.
Mon H.
Avec une casquette sur la tête.

J'ai toujours craqué pour les hommes à casquette, c'est débile, je sais bien et je ne sais pas d'où cela me vient, car, dans 90% des cas, quand le mec à casquette en question se retourne, c'est souvent loin d'être un canon.
Mais dans ce cas là, c'était mon H.

Aidée par les nombreux verres d'alcool que j'avais déjà consommés, j'ai pu l'accoster. Ma pitoyable tentative pour attirer son attention fut de lui prendre sa casquette. Il me sourit : il était saoul à craquer.

Il me parlait, et moi, je ne comprenais absolument rien de ce qu'il me disait. La musique était bien trop forte, alors je me contentais de fixer sa bouche.
Je l'aurais dévorée… Ses lèvres s'agitaient pour me faire entendre des mots qui ne me parvenaient même pas.

Mais je m'en fichais. Je les fixais. Elles étaient si parfaites. Ni trop fines ni trop charnues. Parfaites. J'étais persuadée qu'elles avaient le goût d'un bonbon à la menthe fraîche.

Puis soudain, me tirant de ma rêverie, quelqu'un me bouscula et je sentis alors comme si un couteau pénétrait dans mon pied. Je vascillai et tombai sur la table qui se trouvait derrière moi et renversai les nombreux verres posés dessus…
Il s'approcha alors de moi, pour s'assurer que j'allais bien. Je lui tendis ma main pleine de sang. Mes yeux perlaient tout-seuls.
Il ne chercha pas plus à comprendre que moi et se contenta de me prendre dans ses bras, tel un prince charmant.
Il me regarda. Me sourit. Et me dit, très sérieusement, mot pour mot : « Ne t'inquiètes surtout pas, j'ai mon brevet de sécurité », ce qui eut pour effet de me redonner le sourire, puis, sur ces belles paroles imbibées d'alcool, il traversa la pièce jusqu'à la sortie.

Conte de fée mis à part, il me cogna la tête contre l'encadrement de la porte de sortie, et ce, après avoir laissé derrière nous des traces de pieds sanglants sur des T-shirts. Les propriétaires auraient bien du mal, le lendemain, à en trouver l'explication.

C'est ainsi que notre histoire commença.

Cinq mois après, jour pour jour, je le quittai avec fracas croyant ne plus l'aimer.
Nos incessantes disputes avaient eu raison de moi. J'étais devenue odieuse avec lui. Mon côté maniaque ne

supportait plus la cuvette des WC levée et les caleçons traînant un peu partout dans la chambre.
J'avais beau l'aimer, je n'arrivais plus à être aimante envers lui, et ça me détruisait d'être devenue une vraie connasse.
Lui était tellement gentil…
Jamais il ne me rendait mes insultes.
Toujours il revenait après l'orage.

Jusqu'au jour de trop. Le jour où tout allait de travers et que des mots avaient mis un terme à tout ceci :
« H., je ne t'aime plus, va-t'en. »

Malheureusement pour moi, je n'ai jamais été autant amoureuse de lui, qu'après le jour où je l'ai quitté…

H.

Je l'avais enfin quitté.

J'avais osé.

La raison pour laquelle cela m'avait pris tant de temps, fut la peur de perdre quelque chose qui m'était cher et de finir par le regretter.
Mais, finalement ce n'était pas du tout le cas, du moins, les premières semaines.

Mon appartement pouvait enfin être en ordre et je n'avais plus à ramasser le linge sale de quelqu'un d'autre, d'un enfant trop couvé par sa mère.
J'avais retrouvé ma sérénité.

Quand je rentrais de cours, je pouvais apprécier le calme et me détendre. Je n'étais plus constamment sur les nerfs.
Mon téléphone ne sonnait plus pour me demander dans combien de temps je serais là. Où j'étais. Ce que faisais.
Le week-end, je pouvais retrouver mes copines et faire la fête, sans me sentir mal de me mettre dans de sales états et je pouvais enfin savourer tous les avantages du célibat.

Faire la tournée des bars avec les copines, danser,

draguer, me faire offrir des verres par de charmants garçons, ou pas..., coucher sans sentiments, ne plus se justifier de rien, juste vivre et apprécier... Voilà ce à quoi j'occupais mon nouveau temps libre.

Puis de plus en plus souvent, la semaine, lorsque je ne sortais pas, j'avais du mal à trouver le sommeil, comme s'il me manquait quelque chose.

Mon appartement me semblait immensément vide, et le silence me collait des angoisses.

Le soir, je ne me faisais même plus à manger, tellement j'avais la flemme de tout. Mais je ne comprenais pas pourquoi. J'avais déjà été célibataire pourtant. Depuis Louis, avec qui j'étais restée presque trois ans, je n'avais pas vraiment eu d'histoires sérieuses. Et cela remontait à deux ans déjà.

Je décidai d'en avoir le cœur net et de revoir H., pour voir si cela me faisait quelque chose.

Pourtant l'idée de le revoir ne m'enchantait pas trop... J'étais toujours en colère contre lui...

Ce fut à une soirée.

Je l'y rejoignis.

J'avais bu, et ce n'était vraiment pas une bonne idée.

Dès que je l'aperçus, toute ma haine, ma colère à son égard volèrent en éclats et je me retrouvai face à lui, comme la première fois, troublée.

Il était encore plus beau qu'avant.

Cependant il était extrêmement froid et impénétrable.

Il me cracha tout d'un trait à la figure : les trois semaines de silence, alors que je venais de lui briser le cœur.

Lorsque, le lendemain de notre rupture il m'avait croisée, sortant de mon appartement accompagnée de Rémi, mon ex, concluant forcément qu'on s'était envoyés en l'air toute la nuit, et le pire, la trahison de l'avoir quitté, alors qu'il m'aimait.

Il avait l'air d'avoir tellement souffert. J'aurais tellement voulu le prendre dans mes bras, le consoler, lui dire que j'étais désolée…

Mais je n'en fis rien et je rentrai chez moi, seule et complètement retournée.

Il ne voulait plus me revoir et je n'avais d'autre choix que d'accepter.

Alors, je me mis à penser à lui, de plus en plus souvent. A nous. A notre histoire. A notre complicité. A nos moments forts.

Mon esprit prit la liberté d'occulter toutes les raisons qui m'avaient poussée à le quitter.

Je revoyais défiler sous mes yeux tous les côtés positifs qu'avait pu avoir notre histoire. Il était tellement adorable avec moi, il avait tout fait pour me rendre heureuse. Je me repassais des images pleines d'amour, en boucle, sur l'écran de mon ordinateur.

Notre première soirée où on devait rejoindre des amis communs, après un repas chez moi, en tête à tête, et que finalement, nous nous étions retrouvés tout seuls, ivres dans une discothèque. Je ne tenais plus debout, je m'accrochais donc à lui et il avait fini par m'embrasser, pour ensuite me porter jusqu'à mon lit et me border sagement.

On ne se quitta plus du week-end.

Pendant plus de cinq mois d'ailleurs.

Et ce magnifique après-midi, allongés dans l'herbe à s'endormir dans les bras l'un de l'autre, au soleil.
Et ce week-end d'été, à Montpellier, où nous avions passé le plus clair de notre temps à faire l'amour.
J'aimais à en mourir qu'il me fasse l'amour. A chaque fois qu'il entrait en moi, je me sentais renaître, il était extrêmement doux et tendre. Il me connaissait tout simplement par cœur.
Nous étions vingt-quatre heures sur vingt-quatre, ensemble.
Trop de temps sûrement.
On écoutait Hôtel Costes – Album 8 - *Dream Machine* - en boucle, en faisant l'amour.
Je passais mon temps à le prendre en photo. A nous prendre en photo. Je m'endormais nue sur lui, dans ses bras.
Je suçais ses lèvres qui étaient d'une douceur telle du satin, sucrées comme un bonbon et ses mains qui désormais étaient miennes…
Je ne pouvais pas vivre sans lui et il ne pouvait pas se passer de moi.

Mais aujourd'hui tout était différent. Je l'aimais toujours certes, mais je l'avais touché dans son amour-propre et il ne voulait plus entendre parler de moi.
Comment pouvais-je faire comme lui et tourner la page ?
Il vivait à seulement deux blocs de chez moi, et sa rue était la seule encore gratuite où je pouvais garer ma voiture ; alors chaque matin, quand je m'y rendais pour aller en cours, je croisais les doigts pour tomber sur lui. Pour le voir. Lui, qui rendait mes nuits insupportables, qui, par le

seul fait de l'imaginer, embrasser ou même flirter avec une autre fille, m'ôtait tout espoir de trouver le sommeil.
Je me retrouvais là, seule dans mon lit, qui, un jour fut nôtre, à penser à des choses douloureuses. L'imaginant faire l'amour à une autre fille. L'embrasser dans le cou et la caresser avec ses mains.
Ses mains ! Je les aimais tant, je n'avais jamais vu des mains aussi parfaites.
La première fois que je m'en étais rendu compte ? C'était lors de notre premier rendez-vous. Il avait allumé une cigarette et j'avais pu les voir. J'en étais tombée littéralement amoureuse. Lui, il tirait sur son filtre sans rien soupçonner, mais moi, je les voyais déjà sur moi, sur ma peau chaude… S'il avait pu lire dans mes pensées, à cet instant précis, cela l'aurait sûrement fait rougir.

Non je n'arrivais pas à tourner la page.

Et si j'en étais arrivée là, ce 1er Janvier 2008 c'était tout simplement parce que je n'avais toujours pas réussi !
Avant H, j'étais une fille pleine de principes, dont l'adultère ne faisait pas partie, pas plus que le fait d'avoir un plan cul fixe ou encore de se mettre dans des états minables tous les week-ends.
Boire.
Oui, boire pour oublier !
Tu parles d'un concept à failles !

A chaque fois que je buvais, et cela arrivait au moins trois fois par semaine, je repensais encore plus à lui, tout refaisait surface et je finissais par plomber la soirée de tout le monde parce qu'il fallait quelqu'un pour me tenir le crachoir et me réconforter quand j'avais ouvert les

vannes…
Qu'est-ce-que j'ai pu en déverser des litres de larmes pour lui.
Qu'est-ce-que j'ai pu en envoyer des SMS pathétiques, à trois heures du matin. Et le fait d'en relire le contenu, le lendemain, avait pour effet de m'enfoncer, encore plus, dans mon désespoir.
Mais pourtant, aujourd'hui, rien n'était désormais aussi sombre, j'avais rencontré Grégoire, qui était assez divertissant pour arriver à chasser H. de ma tête… de temps en temps du moins.

Pas assez, il faut croire, et je dois aussi ajouter que H. ne me laissait aucune chance de tirer un trait sur lui. Ayant le même cercle d'amis et sortant dans les mêmes endroits, on finissait souvent par se croiser, saouls et cela nous amenait parfois à finir dans le même lit, le mien en l'occurrence.

Comment cela se terminait ?
Après m'avoir dit combien j'étais une fille en or et unique en me faisant l'amour, il se réveillait le matin et regrettait.
Il était saoul, on ne l'y reprendrait plus.
Et il me laissait là, comme ça.
Le cœur encore plus lourd d'espoirs ou de désespoirs, je n'en étais pas sûre.
Pour moi, il m'aimait toujours, j'en étais même certaine.
Mais il avait trop de fierté pour se l'avouer et revenir.
Il ne reviendrait jamais, mais je ne voulais pas le reconnaître.
Et encore moins l'accepter.

Aujourd'hui
Banlieue de Toulouse

Me revoilà donc dans cette voiture embuée.
Oli me regarde.
Je le regarde.
Je regarde son caleçon qui semble être devenu trop étroit.
Je réfléchis deux secondes.
Regarde à nouveau son caleçon et décide de ne pas aller plus loin.

Non, merde, ça craint, mon copain !

Pendant qu'Oli essaie inutilement de m'expliquer que je ne peux pas partir et le laisser comme ça, dans cet état, moi je me rhabille calmement.
Il vaut mieux que je rentre. Il est six heures du matin. J'ai dix grammes d'alcool dans le sang. Nous sommes à une quinzaine de kilomètres de Toulouse.
Mais il vaut mieux que je rentre.
Alors je rentre.

J'oublie que j'abandonne Claire à cette fameuse soirée, en me perdant sur les petites routes de campagne et j'arrive enfin chez moi, une demi-heure plus tard.
Grégoire me rejoint, lui aussi est complètement saoul.

Pendant une semaine je suis rongée par la culpabilité et la peur qu'il apprenne mon petit dérapage.

Une semaine après, je réalise que j'y ai survécu.
Que Grégoire n'a absolument rien découvert, ni soupçonné, et je me dis, qu'en fait, c'est super facile de tromper quelqu'un.

Cette pensée m'effraie.

Janvier 2008
Toulouse

Il y a un premier moment dans la vie de tout le monde où on se retrouve confronté à la mort.

Ce moment est maintenant pour moi.

Ma tante a replongé une deuxième fois et cette fois, je le sais, elle va mourir.

Mon Dieu ! Que je déteste cette maladie de merde.

Cancer.

SALOP !

Cela fait des mois - trois exactement - que son état empire et qu'elle perd du poids, jour après jour.
Avec les kilos, c'est aussi sa mémoire qui s'envole.

J'essaie de ne pas faire de bruit. J'essaie de garder une voix normale, pour ne pas qu'elle s'aperçoive que j'ai les yeux dans l'eau en lui expliquant que :

« Oui, oui Tatie, tu sais bien, je vis à Toulouse, cela fait quatre ans déjà. Mais non, ce n'est pas grave que tu aies oublié, je parle tout le temps, tellement de tout et de rien, que c'est peut-être moi qui ai oublié de te le dire. »

Je sais que je mens.

Je sais qu'hier elle s'en souvenait.
Hier, elle le savait, mais aujourd'hui…
Alors je raccroche le téléphone et me mets à hurler dans ma voiture.
Je hais cette fatalité !
Je tape sur le volant aussi fort que j'ai mal dans mon cœur.

Elle ne veut pas que je vienne la voir.
Elle ne veut plus être vue dans cet état. Allongée dans ce putain de lit qu'elle ne quitte plus.

Comment c'est dans la tête des gens quand on sait que c'est la fin ? Qu'on va mourir.
Avons-nous envie de tout envoyer chier ? De dire merde à ceux à qui on a toujours voulu le dire ? Voulons-nous écrire une lettre, à lire après ? Pour dire aux gens qu'on aime, combien on les aime ?
Ces questions m'empêchent de dormir en ce moment.
Grégoire ne comprend pas et je sens même parfois que je le saoule avec toute cette histoire.
Non, mais ce n'est pas une histoire !
Bref, le type n'est tout simplement pas à la hauteur…

Quand mon téléphone sonne, je me dis que ça va être pour m'annoncer le décès de ma Tatie d'amour.
A chaque fois.
Je ne veux pas être obsédée par cette idée et je culpabilise

de ne même plus prier pour qu'elle guérisse, mais pour qu'elle ne souffre plus.
Le voit-elle dans mes yeux, quand je lui dis que je l'aime, que je lui dis au revoir ?
A-t-elle peur de la mort ?
Se sent-elle seule ?
Alors, je lui envoie des SMS de temps en temps. Pas trop non plus. Pour lui dire ce que je crois pouvoir lui faire du bien.

« Tatie, tu n'es pas seule. Je t'aime si fort. On va lui botter le cul à ce cancer à la con, non mais il sait à qui il se frotte lui ? ! »

Je sais que je mens.

Nous sommes le mercredi 28 janvier 2008. Je suis seule chez moi et je me fais à manger.
Le téléphone sonne.

C'est ma mère.

Je n'ai même pas encore décroché que je me mets déjà à pleurer.
Mes jambes tanguent.
Ma mère ne m'appelle pas très souvent.

Je décroche.

Je n'aime pas ce ton calme qu'elle utilise en m'expliquant que c'est mieux ainsi, qu'au moins elle ne souffre plus.

Je raccroche et tombe à terre.

C'est agréable le carrelage froid sur mon visage brûlant.
J'ai du mal à respirer, c'est trop douloureux dans ma poitrine.
Je suis obligée de me redresser pour ne pas m'étouffer dans mes sanglots.
Je reprends mon téléphone en main et appelle H.

Il est tellement désolé…
Puis m'explique qu'il ne viendra pas me consoler. Que c'est à mon copain de le faire.
Sauf que moi, c'est lui que je veux voir.
C'est dans ses bras à lui que je veux pleurer.
J'envoie quand même un SMS à Grégoire et me mets au lit.
Ma tête va exploser.
Je ne sais pas où j'ai le plus mal.
A la tête?
Dans la poitrine ?
Au cœur ?
Au cœur.
J'attrape mon doudou et mets mon pouce à la bouche.

Mon Dieu, mais cela veut dire que je ne te reverrai jamais.
Je ne pourrai plus rire de tes blagues.
Tu ne pourras plus me serrer dans tes bras en me disant que tu m'aimes.
Et ma cousine ?
Tu ne tiendras pas sa main en remontant l'allée conduisant à l'autel.
Tu ne seras pas là pour la naissance de ses enfants… Qu'est-ce que ça doit être de perdre sa maman ? Comment se remet-on d'un tel chagrin ?

Je veux dire, comment peut-on physiquement et psychologiquement se remettre d'une telle perte ?
Peut-on ?
Apprenons-nous à vivre avec ?
A partir de quand, arrivons-nous à rire à nouveau, sans culpabiliser ?

Je n'ai même pas la force d'appeler ma cousine pour lui dire combien je l'aime, combien je suis triste.
Je le suis forcément moins qu'elle.

Lorsqu'on perd quelqu'un qui a une maladie comme le cancer, il faut savoir qu'on pleure leur mort à partir du moment où on réalise qu'il n'y a plus d'espoir.
On peut pleurer ainsi pendant des mois.

A chaque visite où on réalise que leur état a encore empiré. A chaque fois que leur mémoire leur fait faux bond. A chaque fois qu'on prend de leurs nouvelles et qu'on sait qu'elles vont être mauvaises.
Alors quand le moment tant redouté arrive, parfois on n'a plus de larmes.
Eh bien, croyez-moi, ce n'est absolument pas mon cas.

Je pense que c'est pire de perdre quelqu'un d'une maladie, que d'un accident mortel violent.
On sait que la personne souffre, mais on ne peut absolument rien faire, à part souffrir également de notre côté.
Souffrir de la savoir souffrir.
Souffrir de l'amour qu'on a pour elle.
Souffrir de savoir qu'elle va mourir et va nous manquer.
Souffrir de savoir que cette réalité doit lui faire

terriblement peur.
Souffrir de se dire que la mort sera une délivrance.
Souffrir de la culpabilité de cette pensée.

Grégoire est arrivé trois heures après mon SMS.

Cela ne dura pas beaucoup plus longtemps avec lui, fin février, on en avait fini.

L'AUTRE MOI

Après cet énième échec pour me trouver un nouvel amoureux, je décidai carrément de ne plus tomber amoureuse, plus du tout.
Moi le cœur d'artichaut ?

Avec cette décision pleine de bon sens, une alliance vint conclure mon pacte avec mon nouveau moi.

Les beaux jours approchaient à grands pas et malgré le fait que j'avais le dernier examen de ma vie à passer en juin, je sortais tous les jeudis, vendredis et samedis avec ma nouvelle équipe d'acolytes : Elodie, la folle qui avait tendance à perdre sa culotte en soirée, Sam avec qui je me disputais souvent, sûrement car on s'aimait trop - ne vous méprenez pas il est gay - et Jérémie son meilleur ami.

Toulouse était à nous.

Nos rituels ? Bouteille de vodka black, cacahuètes salées, Sprite pour Elodie.

« On se retrouve chez moi à vingt heures ? »

En général, on était déjà bien ronds à vingt-deux heures. Sam ne nous accompagnait pas en ville, faute de travailler tôt le lendemain matin ou encore faute d'avoir un copain à rejoindre pour une fin de soirée animée.
Et Jérémie n'était pas toujours là non plus.
Il ne restait donc qu'Elodie et moi même. On prenait alors un bon petit, et bien pratique Velib', en bas de chez moi, devant la gare Matabiau et roulions en direction de St Pierre, notre place préférée. La route pour y arriver était parfois semée d'embûches et les chutes nous faisaient rire aux éclats.
On s'arrêtait parfois en chemin pour faire pipi derrière une voiture. Arrivées place St Pierre, nous prenions la direction de chez Tonton pour voir s'il y avait du beau gosse… Un détour par la Culotte*, au cas où. Un rapide crochet par le Saint des Saints et nous voilà bien rôties à marcher jusqu'au Sept.

La musique est forte, la clientèle jeune et saoule. C'est parfait pour nous, on veut juste s'amuser…

Ce qui nous tient debout, c'est le fait qu'on est sûres de s'amuser quand on est ensemble et qu'on n'en a rien à foutre des autres.
C'est simple, ils n'existent même pas, à part s'il s'agit de beaux gosses…

Ce soir, j'ai encore envie de faire pipi mais il fait trop froid pour mon fameux pipi entre deux voitures. Ou peut-être que c'est parce qu'il y a trop de monde. En tous cas, je décide de rentrer dans La Couleur pour utiliser leurs WC.
Comme il y a une trop grande queue à l'entrée, je décide de passer par la porte sur la terrasse.

* La Culotte : bar toulousain : La Couleur de la culotte, place St Pierre.

Le videur fait entrer les gens au compte-gouttes.

Arrivé au tour du garçon qui me précède, il lui demande :
« Elle est avec toi la fille derrière ? »
Le garçon en question se retourne et me regarde.
Mes yeux s'écarquillent pendant qu'il répond oui.
Je le suis à l'intérieur et lui propose de lui offrir un verre pour le remercier.
C'est lui qui paie les verres.

« Je me demandai si c'était vraiment ton torse sur la photo des pubs pour les Galeries Lafayette. »

Il relève alors son T-shirt et me montre que non, mais que, pour son âge il est quand même sacrément bien foutu le bougre !

« J'ai lu tous tes livres et ça m'a donné envie de devenir une grosse pute et de prendre de la drogue. »

Il rigole à toutes mes blagues.
Je joue à fond sur la provocation.
Il se souviendra peut-être de moi…

A ma question, il répond que je suis très jolie, mais que si j'avais eu deux ou trois ans de moins, oui c'est sûr, il m'aurait violemment baisée.
Là, c'est moi qui ris.

Je prends une photo pour le souvenir et rendre jaloux les copains, file tout de même aux WC et sors rejoindre mes amis.

Ils m'attendent avec impatience et m'engueulent d'avoir mis tant de temps…

Leurs paroles glissent sur moi…
Je viens de me faire payer un verre par Frédéric Beigbeder…

Juin 2008
Quelque part sous le soleil

Papa et maman m'ont bien prévenue, si je n'ai pas mon BTS, c'est le bordel !
Le seul souci, c'est qu'avec tout l'alcool qui noie encore mon cerveau aujourd'hui et ce, depuis que ma semaine de « révisions » - rebaptisons la : la semaine de l'orgie - a commencé, j'ai bien du mal à me concentrer, moi !

Oui, j'ai eu beau surligner tous les passages importants de mes livres scolaires, rien ne s'est encore gravé dans mon cerveau. Les informations y entrent certes, mais elles naviguent entre des flots à degré élevé…

Soudain je suis dans la barque moi aussi, à mes côtés les règles du marketing et la pyramide de Maslow me sourient. Derrières nous Karl Marx, Adam Smith et Keynes se disputent les rames comme des enfants ; je me dis qu'ils sont sûrement moins séduisants en vrai qu'ils auraient pu l'être dans mon imagination.
Me tirant de ma rêverie une grosse vague de Vodka Black me fouette en plein visage me faisant basculer hors de la barque.
Me voilà alors, échouée sur une plage de cacahuètes salées.

Le soleil frappe mon visage, cela est très agréable. La musique en fond m'est familière. Elle s'arrête, reprend, puis s'arrête de nouveau et reprend…
Oops, je me suis assoupie.
Encore !
Quoi dix-huit heures !
Déjà ?

Deux mois s'écoulent.

Le soleil caresse mon visage, cela est très agréable. Ma meilleure amie, Emilie, me raconte son histoire de cœur.
Oui, « son », c'est toujours la même.
Allongée sur le dos, sur ma serviette de plage, mes yeux plantés dans le ciel bleu, je l'entends mais je n'écoute pas vraiment.
Je me dis que c'est une fille formidable et que son copain est en fait un peu un blaireau mais qu'elle a trop le nez dans son histoire pour s'en rendre compte…
Le sait-elle ? Peut-être au final…
Et moi, qui suis-je pour émettre un jugement sur ce qu'elle vit ?
Une célibataire qui se démonte le crâne tous les week-ends pour fuir sa solitude ?
Oui !
Une fille jalouse, parce-que moi je me souviens même pas du nom, faut-il encore que je l'eus un jour connu, du dernier garçon qui a partagé mon lit ?
Sûrement…
- Noah ! T'es sourde ? Ton téléphone, bordel ! Décroche ! Tout le monde nous regarde.

- Ah, oui ? ! Je pensais qu'ils regardaient, parce qu'on bronze seins nus, moi.
- …
- Allo ?

Bla bla bla bla…

Et, voilà comment ce coup de fil ensoleilla ma journée, déjà saturée en rayons UV, jusqu'à tard dans la nuit, et me donna une nouvelle occasion de faire la fête. J'avais réussi à obtenir, par je ne sais quel miracle, mon BTS !

Il arrivait en gare Matabiau par le train en provenance de Bayonne vers dix-huit heures. Juste le temps de passer par la maison et de nous préparer pour une folle nuit.

J'étais amoureuse de lui quand j'étais en 6ème ou 5ème, je ne sais plus. A cette époque, cela n'était pas forcément un signe de distinction, car j'étais amoureuse de beaucoup de garçons !

Je l'avais rencontré lors d'une boom, mais lui était plutôt intéressé par ma copine. Donc c'est, en assumant totalement mon immaturité, presque dix ans plus tard, que j'ai ressenti un sentiment de fierté, de revanche aussi, lorsque le jeune homme en question est venu me faire la cour via ce fameux réseau social planétaire que je ne perdrai pas NOTRE temps à citer.

Il avait voulu faire l'audacieux. Je lui avais montré que je pouvais l'être, bien plus que lui, en l'invitant à

passer une soirée scandaleuse à Toulouse en ma compagnie.
Je ne l'avais pas vu depuis le lycée, cela devait faire quelque chose comme cinq ou six ans, peut-être.

Il avait toujours ce magnifique regard vert, mais ressemblait un peu à un drogué. Je ne saurai dire combien de kilos il avait perdu.

J'ai pensé en lui disant bonjour :
« Who the hell cares ? »

Long story short, je saute la soirée durant laquelle une succession de défis ont été lancés…
Le voilà en train de lécher sa semelle de chaussure, moi d'enlever mon short sous ma tunique très, très courte, et de sortir du bar les fesses à la vue de qui voudra.

Ce type s'est avéré être en fait un monstrueux pervers, beaucoup trop fier de son sexe pour être normal.
La nuit que j'ai passée en sa compagnie eut pour seul effet positif de me faire me remettre en question sur l'ensemble de ma vie.

La fille que j'étais hier.

Celle que j'étais devenue aujourd'hui.

Et surtout celle que je voulais être demain !

28 Septembre 2008
Paris 5h00.

Il est cinq heures du matin, et j'ai les yeux grands ouverts dans le lit. Je fixe le plafond et j'ai peur.
Jeanne dort encore, mais ma respiration saccadée et mon agitation la sortent de son sommeil.
Contente de ne plus être la seule réveillée je me lève pour aller préparer le petit déjeuner.
Pendant que l'eau chauffe, je m'habille et range consciencieusement mes affaires dans mes valises.
Les larmes me viennent au bord des yeux.
Je m'essuie du revers de la main en entendant Jeanne entrer dans la pièce.

Nous voilà arrivées sur le quai du RER qui nous conduira à l'aéroport Charles de Gaulle.
Il est complètement bondé de monde.
C'est l'horreur !
Le cauchemar !
Ce matin à Paris c'est la grève, mais moi, je ne veux pas le savoir : aujourd'hui je prends l'avion de ma vie !
Et si je venais à le rater, que se passerait-il ?
Si je n'avais pas deux fois la force de faire ce chemin ?
Si je changeais d'avis simplement ?

Si entre temps quelque chose arrivait à me faire rester ?
Non, non, non ! !
Cela fut déjà assez difficile de prendre cette décision.
De l'annoncer à mes parents.
De tout plaquer.
Lâcher mon appartement.
De vendre la voiture.
De vendre mes meubles.
De donner le reste.
De résilier mon abonnement téléphonique.
De dire au revoir à mes amies.
De dire au revoir à mes parents.
Et surtout de ne pas dire au revoir à H.

Non, non, non ! Jeanne il me faut ce Putain de RER ! C'est aujourd'hui que je pars. Non, mais ce n'est pas possible cette grève.

Je pars aujourd'hui, moi !

Jeanne me regarde calmement, prend ma main dans la sienne et me dit, en plongeant ses yeux noirs dans les miens, que tout va bien se passer.
A cet instant, et ce jusqu'à que je la quitte devant les portes d'embarquement, elle prend le contrôle de tout.

Mon cerveau est alors sur OFF.
Trop de pression, en surtension un câble a grillé et tout fait disjoncter.

Dans le RER nous sommes les uns sur les autres, il fait quarante degrés Celsius.

Mes larmes se confondent aux gouttes de sueur qui dégoulinent le long de mon visage.
Je perds des litres et cette montre qui tourne, qui tourne.
A chaque arrêt, mon estomac fait un nouveau looping.
Des gens essaient de sortir, d'autres d'entrer. Les portes se bloquent et les minutes qui me séparent du départ de mon avion s'envolent.

Il est neuf heures trente lorsque nous arrivons à l'aéroport.
L'avion décolle à dix heures quarante. Vol international, il faut être deux heures à l'avance pour l'enregistrement des valises. Dans mon planning, j'avais prévu d'arriver, grand max, vers huit heures.
Je ne sais pas où nous sommes, ni où nous devons aller.
J'ai envie de vomir.
De pleurer.
Jeanne, mon héroïne, sort, de je ne sais où, un chariot, met mes deux énormes valises qui renferment toute ma vie dessus, et m'invite à la suivre.

La femme de l'enregistrement sourit en me voyant à ce point décomposée, liquéfiée.
Enregistre sans sourciller mes deux valises, ignore les deux kilos de trop et me remet mon billet d'embarquement.
C'est tout ?
Tout ça pour ça ?
Je suis limite déçue de ne pas avoir dû me battre contre la réglementation.

Mais le type de la sécurité me crie tout de même que je n'ai pas non plus le temps de rêvasser.

Je dois encore dire au revoir à Jeanne.
Merde quoi, c'est Jeanne.
Si j'avais su que les choses entre nous ne seraient plus jamais comme avant, à partir de ce jour, où je lui ai dit au revoir, si j'avais su…
Mais aujourd'hui je sais que la vie ne nous emmène pas forcément où on avait décidé d'aller.

Elle s'effondre, moi aussi, elle m'aime, je l'aime.
On se skypera tous les jours, on s'écrira.
Elle saura tout.
Sur elle, lui, eux et lui et elle !

Et lui surtout.

LOST IN TRANSLATION

Les sept minutes durant lesquelles j'ai glissé sur les long tapis roulants de l'aéroport de Charles de Gaulle, ce 28 septembre 2008, à neuf heures quarante-cinq, me parurent être une éternité.
Un feu d'artifice douloureux mais étonnement délicieux était en train d'éclater dans ma tête et dans mon cœur.
Je ressentais à la fois une peur qui me paralysait, mais j'avais également envie de sauter partout, de hurler, de pleurer, de rire.
Où allais-je ?
Qu'allait-il m'arriver ?
Allais-je réellement revenir dans un an ?
Et surtout, allais-je enfin pouvoir tourner la page ?

New York
29 Septembre 2008

Ça y est, on y est.
Après onze heures de vol interminables, je réalise que je foule le sol américain. Que je suis à New York et par conséquent, pète un plomb dans ma tête.
NEW YORK BITCH ! !

Le passage à la douane.
Alors oui, je suis venue ici pour apprendre à parler anglais, ce qui voudrait dire que je ne sais pas parler anglais et effectivement je ne sais pas.

L'officier en voyant mon tatouage au poignet se raidit et me demande si je fais partie d'un gang. Deux minutes pour comprendre et je me mets à rire et lui réponds :
« Which Gang Sir ? You mean The Star's Gang ? »

Oui, mon tatouage est un bracelet avec des étoiles.
Que le prochain qui me demande s'il a une signification particulière tombe dans un fossé.
Non mais c'est vrai, est-ce obligé qu'il ait une signification.
Une histoire ?
Ok, moi je vais vous dire la signification de ce tatouage !

Il y avait cette fille super mignonne dans ma classe qui me saoulait.
Car super mignonne.
Et cette *bitch* avait décidé de se faire un tatouage au poignet.
Moi aussi, je l'avais décidé.
Mais elle l'avait dit avant moi.
Fuck !
Du coup, je me suis dit qu'il fallait absolument que je le fasse avant elle, même si mon idée n'était pas arrivée à maturité. Il y avait aussi le fait que H. m'avait dit qu'il trouvait que mon idée en question était nulle et que je ne devais pas faire ce tatouage.
Son avis datait de quand nous étions encore ensemble.
Depuis, je l'avais quitté…
J'avais ensuite regretté…
Il m'avait alors envoyé chier…
Bref, je vais faire ce tatouage !

Et voilà votre signification messieurs et mesdames les gens relou aux questions fâcheuses.

Quand H. l'a vu il s'est bien fichu de moi, cela dit.

Parenthèse fermée, revenons à Mr l'Officier tendu.
« Just answer to the question ! Are you a part of a gang ? Don't waste my time please ! »
Il ne faut pas trop déconner avec les officiers de la douane américaine.
A noter.

Arrivée dans la famille.
2 Octobre 2008

Ah, oui… Je ne dis rien pour conserver le suspense insoutenable et omniprésent dans ce livre, mais bon, le but n'est pas non plus que le lecteur ne comprenne absolument rien à l'histoire.
A vingt-deux ans...
Oui, c'est mon âge !
Ai-je précisé que je suis une fille ?

Bon, reprenons depuis le début…

Salut, moi c'est Noah, j'ai vingt-deux ans, je suis originaire des Pyrénées-Atlantiques, mais suis partie à l'âge de dix-huit ans m'installer à Toulouse pour poursuivre mes études.
Après avoir obtenu mon BTS, ruiné ma santé, pleuré toute les larmes de mon corps pour encore et toujours le même garçon, fait des choses dont on a honte le lendemain, écumé tous les bars de la ville, être pas du tout passée inaperçue…
J'ai décidé de réaliser un de mes rêves qui est d'apprendre à parler anglais.
Comment ?

En allant vivre un an aux USA, dans une famille américaine en tant que fille au pair.

Quel meilleur moment que cette année pour le faire ? J'ai fini mes études, je suis célibataire et l'entreprise dans laquelle j'effectuais mon BTS en alternance ne me proposait pas d'embauche.
Saint Louis pour être plus précise.
Ma future ville de résidence pour les douze prochains mois, sera Saint Louis, dans le Missouri.
A chaque fois que je prononce Missouri en anglais, les gens semblent éprouver une réelle compassion à mon égard.
Oui, « I live in Missouri » avec un accent de merde ça donne « je vis dans la misère. »
Les trois premiers mois aux USA, je vivais dans la misère.

Je m'avance vers la sortie de l'aéroport en me demandant si la famille qui va m'accueillir pendant toute une année sera gentille.
Si les enfants vont m'aimer.
Et là, aperçois une grosse pancarte tenue par une fille et sa mère avec écrit dessus « WELCOME NOAH » ! ! !
Et pense : Amazing !
Direction la maison.
Trois étages, sans compter le sous-sol de fou avec écran géant et pouf de deux mètres de large. Ma chambre ressemble à une chambre de princesse. Ils ont trois Huskies magnifiques, un grand jardin…
Je suis la personne la plus chanceuse au monde !

Et cette chance deviendra du bonheur qui s'amplifiera de jour en jour.

Je partage une relation privilégiée avec cette famille, d'une gentillesse et d'une générosité incomparables. Ce sont des gens que je garderai pour toujours dans mon cœur.

Les semaines passent alors que je prends tranquillement et sûrement une place dans cette vie américaine.
Je me fais des amies super, avec qui je passe le plus clair de mon temps. Karen, ma meilleure amie américaine, me fait découvrir les soirées locales, les clubs de la ville et présente avec grande fierté à tous ses amis, sa nouvelle amie française, Noah.
Je suis le centre d'intérêt, car différente.
Partout où je vais tous les garçons me courent après. Tout le monde vient me parler et veut être mon ami. Mon ego est aux anges !
De plus mon anglais s'améliore de façon vraiment considérable ce qui me rend encore plus heureuse.

Je me réveille le matin, le sourire aux lèvres en me disant :
Mon Dieu que c'est bon d'être si heureuse tout le temps !

Le 4 Novembre 2008
Saint Louis - matinée

Une journée qui va marquer l'histoire, mais je ne le sais pas encore.
Ce matin je marche dans les rues de Saint Louis, broché à ma veste un pin's à l'effigie de Barack Obama.
Les gens que je croise ont le regard plein d'espoir, ils le savent nous sommes à l'aube d'un tournant historique.
Sur les murs des affiches révèlent l'appartenance à un certain parti politique, ce parti est représenté par la couleur bleue.
Bleu pour un avenir meilleur.
Bleu pour un ciel sans nuage.
Les gens qui croisent ma route, regardent mon pin's, me sourient, on se comprend.

Le 4 Novembre 2008
Saint Louis - en soirée

En direct de BBC News, je regarde les résultats des élections du nouveau président américain.
Etat par état, nous découvrons qui l'emporte.
Le centre de la carte des Etats-Unis est rouge, ce qui ne laisse présager rien de bon, les côtes est et ouest, tournées vers le monde sont cependant bleues.
Le Texas rouge ?
Pas étonnant…
Puis, vient le tour de la Californie, grâce à qui tous les espoirs sont permis…
Gros suspense.
La Californie soutient Obama ! ! !
La victoire est encore possible !
L'Etat de Washington met un terme au suspense en offrant la victoire à Barak Obama.
Barak Obama est le 44ème Président des Etats-Unis d'Amérique, le premier Président afro-américain de l'Histoire de l'Amérique.

Je sors de ma chambre, les larmes aux yeux en sautant partout. A l'étage inférieur j'entends Pam, crier de joie ; je la rejoins et nous dansons en faisant une ronde, main dans la main, en chantant de joie.

Je me sens privilégiée d'être le témoin de ce tournant de l'histoire.

Nous sommes fin novembre 2008 et je farfouille sur Facebook, comme tout le monde qui veut tuer le temps, quand il n'y a rien d'autre à faire.
Il commence à faire froid en cette fin de mois.
Nous sommes dans une région - oui la misère souvenez-vous - où les demi-saisons sont très courtes et je sens que l'hiver est juste là.

J'adore l'hiver, cela me rend mélancolique et lorsque les premiers flocons commencent à tomber, je sens que je pourrai tomber amoureuse du premier venu.
Je trouve cette saison extrêmement romantique. Avec tout ce blanc partout. Avec ces guirlandes qui scintillent dans les rues enneigées et glaciales.
La seule chose qu'on veut, dans une atmosphère feutrée, parfumée à la cannelle, c'est une cheminée bien chargée de bois, un chocolat chaud, un bon canapé et les bras d'un amoureux pour se blottir dedans.
Un petit carillon m'informe que j'ai un message sur Skype.
Ce doit-être Emilie.
On se skype pratiquement une fois par jour.
Avec une meilleure amie comme ça, pas besoin de tenir un journal intime.
Elle sait tout de ma vie.
Ce n'est pas compliqué, c'est la personne qui me connaît le mieux au monde.
Je lui confie toutes mes joies, mes peines. Tous mes moments de gloire, mes moments de honte extrême… Ce qui arrive souvent, vu que je suis une personne très

maladroite.

Des fois, je me dis que le site « Vie de Merde » a était inventé pour que des gens comme moi se sentent moins seuls dans leurs malheurs.

Je la considère comme ma sœur et plus encore, car chacun sait qu'on ne choisit pas sa famille.

J'ouvre la fenêtre de dialogue et là, sens mon cœur faire un énorme bond dans ma poitrine en découvrant qui est l'expéditeur.

H.

Oh, mon Dieu !
Six mois sans avoir aucune nouvelle.
Six mois que j'arrive à tenir, à ne pas lui en donner.
Et Dieu sait, que chaque soirée un peu arrosée est une vraie épreuve de force mentale.
Six mois à vivre ma vie.
Trois à être heureuse.
Une heure sans penser à lui…

Il me demande comment se passe mon séjour aux États-Unis. Mon cœur bat à dix mille à l'heure.
Oh, mon Dieu !

Il veut de mes nouvelles ! Je lui manque, c'est sûr !
Pffff…
Évidement il m'aime toujours.
Non, tu parles, impossible !
Suis-je en train de me parler à moi-même, encore ?

Je n'arrive pas du tout à garder mon sang froid. Je deviens complètement handicapée du sentiment. Saute partout dans ma chambre, sur mon lit. Tente de rentrer en contact avec Emilie pour lui demander quoi répondre.
Puis décide de ne pas répondre.
Non mais, il se prend pour qui lui avec son vieux :
« Hey, salut ! Quoi de neuf ? Alors les USA ? »

Non mais, je t'explique, moi je vis aux States mec. Je ne me rappelle même plus de qui tu es. Toi tu es trop dans le passé. Tourne la page un peu.

Oui, enfin si jamais il voulait revenir avec moi ? Faut pas non plus que je le braque pour une fois qu'il fait un pas vers moi…
Puis genre « Je ne me souviens pas de toi ».
Trop pas crédible la fille.
Je ne suis pas partie y'a dix ans non plus.

Putain, Emilie, t'es où ? Je vais encore tout faire foirer !

Et me voilà en train de pleurer, parce-que l'amour de ma vie me demande comment je vais, et que je suis incapable de répondre de façon normale…
Pathétique !
Toi, sérieux, t'as un souci profond.
Genre relax quoi !
Heureusement que la webcam n'est pas branchée ! Le type, il te prendrait pour une schyzo ! Genre y'a deux secondes, tu fais des bonds de joie et là, tu chiales comme une gamine parce-que LE type te parle…

Je le déteste sérieux, il ne peut pas me laisser l'oublier

tranquillement ?
J'essaie de réapprendre à vivre sans l'espoir qu'un jour il revienne. Et alors que je suis en bonne route - enfin pas du tout à voir ma réaction - il revient à la charge.

H : « Je te dérange peut-être. Bon A+ alors. »

AAAAAAAAAAAAAAAAAAAAAHHHHHHHHH ! ! ! ! ! !
Non, non, attends, pars pas.
Je stresse !
J'écris quoi ?
Mon cœur va imploser.

Moi : « Hey, salut ».

Oui, voilà, comme ça au moins je ne m'implique pas trop dans la conversation. Je fais la fille genre distante.
Non ?
Sérieux moi j'ai trop une vie, je ne suis pas collée à mon ordi à attendre de tes nouvelles…
Heureusement d'ailleurs, sinon… en six mois… on aurait retrouvé ma dépouille, déshydratée, devant ce putain d'écran !

H. : « Alors, c'est comment les USA ? »

Cinq minutes de doute sur le choix de la réponse appropriée après…

Moi : « Non, mais c'est trop génial ! Ma famille américaine est trop ouf. Je m'entends trop bien avec les enfants (…)
Vas-y on se skype, je vais tout te raconter et te montrer ma chambre et ma salle de bains privée (…) »

Au niveau du zéro mental ?
Ça se passe comment pour la fille qui raconte toute sa super-méga-génialissime nouvelle vie à son ex, qu'elle aime toujours, pour lui prouver qu'elle vie TROP bien sans lui, et qu'elle l'aime plus ?

Et vas-y que je t'envoie plein de photos de moi dans ma nouvelle ville.
Et, vas-y que je te donne l'adresse de mon skyblog pour que tu puisses bien baver de jalousie de voir comment je vis trop mieux sans toi…
Je suis désespérément une personne pathétique !

Je viens de me déconnecter, après deux heures de conversation, avec monsieur le briseur-de-cœur, et je n'ai absolument aucune idée de ce qu'il me veut ! ! !

Et voilà que le jour suivant, même heure, il me parle à nouveau. Je commence vraiment à me poser des questions. (Vraiment je *commence* ?)
On ne s'est pas parlé depuis six mois et vu comment ça s'est passé la dernière fois qu'on s'est vus, je me demande vraiment ce qu'il me veut.

Après avoir pris ma décision de partir vivre un an aux USA, je me suis évidemment empressée de le lui dire. Et nous avons donc décidé de se faire une dernière soirée, en ex-amoureux, fin mai, car après nous avions tous deux des emplois du temps chargés.

Lors de cette soirée, nous sommes allés dans notre restaurant de sushis préféré, avons évidemment consommé beaucoup de vin et par conséquent, nous avons passé la nuit ensemble. Comme si nous étions toujours ensemble et amoureux… C'est seulement le lendemain matin qu'il m'apprit qu'il avait rencontré une fille avec qui il voulait vraiment essayer quelque chose et que, du coup, c'était bien que je parte.

J'ai explosé de colère, avant d'exploser en larmes, à genoux, devant mon bourreau, qui tourna alors les talons après m'avoir jeté au visage que, de toute façon, c'était moi qui l'avais quitté la première et, qu'au vu du fait que pour lui je l'avais trahi, on ne pourrait jamais se remettre ensemble.

Dans sa tête c'était clair, que ce soir là, nous nous disions au revoir et il ne comprenait pas pourquoi je pleurais encore sur notre histoire qui datait tout de même de plus d'un an.
Et il me dit, comme pour m'achever :
« Il serait temps de tourner la page Noah … »
Mon pauvre, cette page, si ce jour-là, j'avais pu l'arracher et te la faire bouffer… Et si en plus tu avais pu t'étouffer avec !

Non vraiment, je ne comprends pas où il veut en venir aujourd'hui. Encore moins quand je lui annonce que ma famille américaine a prévu de passer, comme chaque année, ses vacances de Noël, à *Los Cabos* au Mexique. Qu'évidemment ils comptent bien à ce que je vienne avec eux pour profiter pleinement de mes vacances moi aussi ; et que lui me dit d'un ton serein (les lettres sur l'écran avaient un air de "*ton serein*") que je ne devrais pas y aller. Qu'il peut prendre un billet d'avion pour venir passer

deux semaines avec moi.
Et donc célébrer Noël avec moi ?
Et donc célébrer Noël avec moi !

Non, là ce n'est pas possible…
Dieu ?
Tu as enfin décidé d'écouter mes prières, que l'amour de ma vie revienne dans ma vie et reprenne sa place de prince charmant ?
Je me frotte les yeux en lisant ses mots sur mon écran pour être certaine qu'ils ne me jouent pas un mauvais tour ces canaillous…
Mais non, il a bien écrit ça.
Alors je lui demande pourquoi il voudrait venir passer Noël avec moi.

M O I ?

Question posée en espérant de tout mon cœur qu'il me réponde, qu'il a réalisé que moi aussi je suis l'amour de sa vie et que je lui manque terriblement.
Que la connasse, avec qui il voulait me remplacer, ne m'arrive pas à la cheville.
Que je suis The One.
Que je suis l'unique.
Qu'il n'y avait que moi, qu'il n'y a que moi et qu'il n'y aura toujours que moi…
Mes rêveries fantasques sont stoppées et brisées en plein vol, quand il me répond que c'est parce-que ça pourrait être « cool », qu'il n'a encore jamais été aux États-Unis et que comme j'y suis, autant en profiter.
Je suis un pied à terre ?

Je vois bouger au ralenti les ailes de la mouche qui passe à hauteur de mes yeux.

J'ai alors envie prendre mon ordinateur dans mes mains. De le jeter contre le mur avec une extrême violence qui pourrait peut-être apaiser ma colère.
J'ai envie que H. soit dans la même pièce que moi.
Que ce soit sa tête que je jette.
Toujours avec cette même extrême violence contre ce mur tout blanc.
Que l'impact le recouvre d'un rouge bien vif.
Que le fait, chaque jour, d'en contempler le résultat, me procure comme une paix intérieure.
Serve à aider mon cœur à la cicatrisation.
J'ai envie que le jour où je l'ai quitté, il soit mort.
J'ai envie de ne jamais l'avoir connu.
J'ai envie qu'il vienne me voir, vu que ça pourrait être « cool », et surtout comme il n'a encore jamais visité les Etats-Unis…
Mais que l'avion prenne feu au décollage !

Comment peut-il me demander de sacrifier des vacances de folie ? Vacances, que ma misérable vie ne m'aurait jamais permis d'avoir, ne serait-ce que la folie de rêver passée ? ? ! !
Mais pour qui te prends-tu sale égoïste ?
Et moi ? Surtout ! Pour qui me prends-tu ?
Ton pote ?
Sommes-nous des potes à tes yeux ?

Je clôture la conversation en le noyant sous un flot de reproches, d'insultes et lui demande de me laisser tranquille.

Lui interdit de revenir un jour me parler.
Lui ordonne de faire comme si on ne s'était jamais rencontrés.
Le bloque de Skype.
Supprime son adresse MSN.
Déchire sa photo conservée dans mon porte-monnaie.
Efface tous ses SMS datant des vingt-quatre derniers mois, de mon téléphone.
Efface son numéro de mon répertoire.
Tente, avec une réelle volonté, de l'effacer de ma mémoire…
Me jure en moi-même de ne plus jamais lui parler et de ne plus jamais pleurer pour lui.
Et encore une fois me jette, sur mon lit, en pleurs.

19 Décembre 2008
Welcome to wonderland baby

Ce matin, il faisait moins vingt degrés Celsius, quand nous avons quitté Saint Louis, à bord d'un 4x4 chargé de valises pleines de crèmes solaires et de maillots de bain.

Cette fin d'après midi, en buvant une pina colada, pieds plongés dans le sable chaud comme je l'aime, il fait plus vingt-huit degrés Celsius.

En voilà, un décor paradisiaque !
Sable blanc, eau turquoise, hôtel somptueux, chambre grandiose…
Je repense à mon année passée et me dis que la vie nous porte parfois vraiment dans des endroits inattendus.

Me dis que, oui, peut-être, la roue a tourné, en ma faveur, cette fois-ci, et semble même rester bloquée sur la case :
« LIFE ROCKS BITCH, SO JUST ENJOY IT ! »

Ce matin le programme est "bronzette au bord de la piscine en surveillant les petits".
Dégustation de crevettes grillées, sur la plage, accompagnées de cocktails de fruits frais, à midi et jeux aquatiques, avec mes frères et sœurs adoptifs, pour

l'après-midi.
C'était le premier jour.
Y succédèrent des journées bien plus chargées.
Balade à cheval sur la plage. Cheval au galop, moi, cheveux au vent. Courons dans l'eau pour faire comme à la TV…
Plongée en eaux claires suivie de balade en bateau avec plateaux de dégustation sur le pont et musique de The Cure – *Lullaby* – dans les haut-parleurs.
Pendant que moi, allongée, les pieds dans l'eau, le soleil dans le visage, je me concentre fort pour réaliser ma chance. Pour en apprécier au maximum chaque seconde, pour ne jamais oublier combien la vie était belle et parfaite à ce moment là.
Pour ne jamais oublier combien mon cœur est en overdose de joie. Pour la première fois depuis longtemps.

Je ne veux jamais oublier ce que j'ai ressenti sur CE pont de bateau, entourée de CES gens-là, en écoutant CETTE chanson… Avoir des frissons, comme jamais, en regardant avec émerveillement les baleines nager à seulement cinq/six mètres de moi, qui en avais les larmes aux yeux.
Ne toujours pas réaliser que je nage à dos de dauphin qu'au moment de développer les photos, me prouvant, que oui, c'était bien réel !
Non, tu ne l'as pas seulement rêvé !
Rire aux éclats avec Hannah (ma petite sœur adoptive américaine) en faisant du parachute ascensionnel tiré par un bateau beaucoup trop rapide à mon goût !

Fêter mes vingt-trois ans, sous un ciel ébloui de feux d'artifices, dans le bruit fait par des coups de fusil – oui nous sommes au Mexique - dans la chaleur non coutumière d'un 31 décembre 2008, face à la mer…

Ne jamais oublier ces moments là.

Merci à vous de mes les avoir offerts.

LA PERSONNE LA PLUS TRISTE AU MONDE

Nous rentrons, le 5 janvier 2009, pour retrouver Saint Louis sous la neige.
Gelant sous des moins dix-huit degrés.
Pour retrouver mes amies américaines, continuer nos soirées de folie aux dimensions XXL.
Pour reprendre une petite routine que je n'aurais pas crue possible. Pour retrouver une enveloppe rouge avec des décorations de Noël blanches collées dessus.

« Retour à l'expéditeur. »

En voyant que la lettre n'avait même pas été ouverte, je me suis assise au bord de mon lit, ai pris ma tête dans mes mains et me suis mise à pleurer…

Ainsi, une semaine durant.

A quoi cela sert-il de ressentir autant de joie pour qu'une simple petite enveloppe rouge vienne tout faire voler en éclats ?

Le bonheur est si volatile… si éphémère…

Vous avez déjà eu le cœur brisé par un amour ? Oui, ça, normalement, tout le monde, au moins une fois. Mais avez-vous déjà eu le cœur brisé par votre famille ?

Même pas ouverte en plus…

Cela veut dire qu'ils n'ont même pas voulu savoir ce que j'avais à dire.
Je leur ai parlé et ils ont bouché leurs oreilles.
J'ai envoyé des phrases en l'air.
Dans le vide.
Elles ont volé dans leur direction mais se sont heurtées à leur carapace et se sont brisées en tombant sur le sol.

Dans cette lettre, il n'y avait aucun reproche, aucun règlement de compte, aucune agressivité, aucune haine…
Il n'y avait qu'un petit poème sur une feuille blanche, pour dire aux gens que j'aime que malgré la distance je pense à eux.
Que je leur souhaite de passer de belles fêtes de fin d'année, entourés de leurs proches.
Que, pour l'année suivante, je leur souhaite tout le bonheur du monde.
Que leur vie soit remplie de paillettes et de feux d'artifice…

Et cette enveloppe renfermant tout cet amour, m'est renvoyée en pleine figure sans même avoir été ouverte.

Je vais vous raconter mon histoire de cœur.
L'histoire cachée derrière cette foutue enveloppe rouge.

Il fut un temps où j'avais un frère qui me tenait la

main pour ne pas que je tombe, qui me consolait quand je m'étais fait bobo, un frère très beau, qui jouait du piano à merveille, qui était doué à l'école et dont je parlais tout le temps à mes copines en ressentant une extrême fierté. Un frère avec qui je faisais des bêtises, avec qui j'étais complice. Un frère qui m'aimait.

Puis il fut un temps où j'avais un frère. Un grand frère. Un grand frère chiant. Un grand frère un peu machiste sur les bords. Qui insultait les filles des publicités à la télé. Un grand frère qui corrigeait mes fautes d'orthographe en rouge quand je lui envoyais un petit mot pour faire la paix après une dispute. Un grand frère qui me traite de traînée quand mes seins commencent à pousser, quand j'ai mon premier petit copain, surtout quand celui-ci a cinq ans de plus que moi alors que lui n'en a que deux…

Un grand frère qui rencontre l'amour un jour. Qui fait la paix avec moi. Qui m'aime à nouveau et me réécoute pour la première fois depuis longtemps, vraiment, et qui semble même être redevenu mon ami…

Avant d'épouser l'amour de sa vie et de m'en rayer comme on raye le lait de sa liste de courses après l'avoir mis dans son caddie. Aussi simplement.

Un frère à cause de qui je ne continuerai pas mes études après l'obtention de mon BTS car il aura réussi à monter la tête de mes parents en leur disant que non, je ne vais pas à Paris pour étudier.
Si je vais à Paris, c'est pour faire la fête.
Pour sortir en boîtes de nuit.

Gaspiller leur argent et perdre mon temps.
Seulement toutes ces choses-là, je pourrais aussi bien les faire à Toulouse, non ?

Et non, j'avais décidé d'aller à Paris pour obtenir un diplôme, pour construire mon avenir.

Un frère qui envoie un mail à mes parents en me traitant d'écervelée, en me rabaissant plus bas que terre…
Un mail au travers duquel transparaît que ce frère me méprise, me déteste et me veut du mal.
Un mail envoyé alors qu'il a 25 ans, qu'il est un adulte. Alors qu'il est marié, qu'il a une femme. Alors qu'il a une vie, une vie qu'il construit de l'autre côté de la planète !

« Tu n'as pas autre chose à penser mon pauvre ? Autre chose à foutre que de t'affairer à ruiner ma vie ? Qu'est-ce que ça apporte à la tienne ? Qu'est-ce que je t'ai fait pour mériter ça ? Quel irremplaçable jouet j'ai cassé ? Merde, tu as quel âge ? »

Je suis tombée sur ce mail avant de partir aux USA.
Ma mère, pour je ne sais quelle raison vicieuse, avait pris le soin de l'imprimer et de le laisser négligemment traîner dans le tiroir du bureau de l'ordinateur familial…
Ce mail fut comme un poignard.
Découvrir de cette façon ce que votre seul et unique frère pense de vous.
C'est immonde.
Ignoble.
Ma meilleure amie en le lisant en avait les larmes aux yeux pour moi…

Mais, ce Noël à *Los Cabos*, durant ces moments de bonheur intense, j'ai pensé à toi.
J'ai pensé à toi et tu m'as manqué.
J'ai trouvé notre dispute triste alors je t'ai envoyé cette carte.

Je la regarde.

Cette enveloppe est aussi rouge que mes yeux.

Ai-je perdu mon frère à vie ?

Ce jour-là, je ne le savais pas, mais quatre ans plus tard en écrivant ces lignes, la réponse est oui…
En voyant que la lettre n'avait même pas été ouverte, je me suis assise au bord de mon lit, j'ai pris ma tête dans mes mains et j'ai pleuré…

Ainsi une semaine durant.

A la fin de cette semaine, j'ai bu.
Beaucoup.
Trop.
A TA SANTÉ !

J'ai pris la voiture pour rentrer me coucher dans ma chambre de princesse.
Princesse mon cul !

« Il est où ton royaume, Princesse ? ? ! ! »

J'appuie sur l'accélérateur en espérant, peut-être un peu, qu'une voiture va surgir de nulle part et arracher de

ma cage thoracique ce cœur qui me fait tant souffrir, depuis si longtemps.
Je n'arrive pas à lire le GPS sur mon téléphone et confonds le point rouge – *destination* – et le point vert – *lieu actuel* - et me perds dans la nuit.

En essayant tant bien que mal de le lire, mon téléphone m'échappe des mains et glisse au pied du siège, côté passager.
Je me penche et alors que ma main le cherche dans le noir j'entends de grands coups de klaxon.
Me redresse.
Suis éblouie.
Comprends.
Braque le volant sur la droite et manque de justesse de percuter et la voiture venant d'en face et un arbre, de plein fouet.
L'alcool présent dans mon sang vient de s'évaporer en une fraction de seconde.

Cette fraction de seconde durant laquelle mon stupide, juvénile, irresponsable vœu, a failli être exaucé.

Cette fois-ci la lumière vient de derrière la voiture.
Une sirène de voiture de police.
Et, merde !
J'espère stupidement que l'alcool s'est vraiment évaporé…

Je lui présente mes excuses pour avoir roulé trop vite, lui explique que je suis française, que ce ne sont pas les mêmes limitations dans mon pays.
Me confonds en excuses à nouveau.
Imagine que je vais finir ma nuit en prison. Que ma

famille américaine va me renvoyer en France.
M'en veux terriblement de briser tout cela à cause d'un frère qui m'a rayé de sa vie comme on raye le lait de sa liste de courses après l'avoir posé dans son caddie !
Me dis que je gâche toujours tout, de toutes façons, que je ne suis pas faite pour le bonheur.
Que je dois sûrement préférer être malheureuse, vivre dans les coups d'éclats, les drames et les larmes.

Reprends la route, une contravention pour excès de vitesse en poche.

Mon Dieu, soit ce policier était aussi saoul que moi pour ne pas sentir mon haleine de Tequila, soit l'alcool s'est réellement évaporé de mon sang, ce qui est tout simplement impossible.
Je ne manque pas de remercier Dieu pour ce miracle improbable.
Et rentre chez moi me remettre de mes émotions dans mes draps de princesse échouée dans ce monde de méchants et de gens sans cœur.

Mon frère a décidé que je ne méritais pas de faire partie de sa vie ?
Que pour lui c'était bien mieux de m'en chasser ?
Soit.

Quel autre choix ai-je que de vivre avec ?

Je n'arrive déjà pas à vivre avec l'idée que ma mère ne m'aime pas comme une mère le devrait et voilà qu'aujourd'hui, c'est mon frère qui me fout à la porte de sa vie.

Comment peut-on être une personne équilibrée après ça ?
Comment peut-on vivre une vie normale ?
Comment pouvons-nous nous aimer en nous regardant dans un miroir quand les seules personnes venues au monde avec cet amour déjà là, dans leurs tripes, de façon inné, normalement j'entends, ne vous aiment pas ?
Comment peut-on avoir confiance en l'autre ?
Comment peut-on croire en l'amour ?
On ne peut pas, tout simplement.
Pas de façon normale, j'entends.

On y pense au moins une fois par jour.
On en fait des cauchemars la nuit.
On pleure souvent, sans raison.
On fait confiance à n'importe qui.
On est très souvent déçue.
On tombe amoureuse du premier venu qui semble un peu sincère. On donne son amitié sans réserve aux mauvaises personnes.
Puis on tombe de haut.
On tombe de très haut et on se casse à chaque fois quelque chose. Mais quand on est une personne avec une espérance inépuisable, avec une grande part de naïveté aussi, on reproduit les mêmes erreurs encore et encore et notre vie devient un cercle vicieux.

Ma vie est un cercle vicieux.

Être une personne sans racines, c'est évoluer dans un monde où on a aucun repère, où le moindre coup de vent peut vous coucher à terre.

La moindre contrariété, et vous remettez toute votre vie en question, toutes vos décisions car vous n'avez aucune confiance en vous, un rien vous anéantit, car vous n'avez aucune carapace.
Vous êtes extrêmement vulnérable.
Partout où vous allez, vous essayez de vous construire un environnement qui ressemblerait à une famille, cependant, quand les acteurs de ce théâtre que votre imagination a orchestré et qui n'ont pas choisi leurs rôles, ne se comportent pas comme vous le voudriez, encore une fois vous vous sentez trahie, mal aimée, rejetée...
Vos relations avec les autres sont loin d'être simples car vous avez peur de l'abandon et vous mettez trop de cœur à vos actions.
Votre passé et votre vécu empoisonnent la personne que vous êtes aujourd'hui, vous avez un complexe de confiance en vous et en l'autre cependant, et, paradoxalement vous ne demandez que cela : accorder votre confiance, offrir votre cœur... Vous mettre à nu…
Vous êtes un petit être fragile et vulnérable.
Souvent les gens vicieux et méchants, qui lisent en vous comme dans un livre, s'en servent contre vous et accentuent encore un peu plus votre mal-être.
Souvent enclin à la mélancolie, vous repensez à des moments de bonheur que vous avez vécus et qui sont loin derrière vous, et, au lieu que ces bons souvenirs vous réchauffent le cœur, leur beauté perdue vous fait pleurer.
Vous savez que vous n'êtes pas une personne normale...
De toute façon personne n'est normal.
Qu'est la normalité ?
Une invention de l'homme pour faire entrer d'autres hommes dans des cases ?
Vous ne rentrez définitivement pas dans les cases.

Vous êtes une personne extraordinaire...
Pas forcément dans le bon sens du terme, malheureusement.
Hier, vous étiez le vilain petit canard de votre famille, avant de devenir une adolescente turbulente.
Aujourd'hui, vous êtes une adulte émotionnellement perturbée... La question qui vous effraie le plus est, quelle femme et maman serez-vous demain ? Trouverez-vous un jour une personne qui voudra vivre avec quelqu'un comme vous ?
Qui dealera avec votre passé, votre famille biscornue, vos cicatrices et vos blessures ?
Votre démarche a beau être assurée, vous avez beau avoir un visage d'ange, en réalité vous boitez, et derrière ce joli sourire se cache la personne la plus triste au monde.

Le problème, l'un des problèmes, est, que vous vivez depuis tellement longtemps dans les chaussures de cette personne mélancolique que vous vous y complaisez presque.

De façon inconsciente, vous aimez que les gens vous prennent en pitié et s'apitoient sur le sort qui est le vôtre.
Ne vous trouvez-vous pas un brin pathétique ?
Ne préfèreriez vous pas qu'on vous admire ? Qu'on éprouve du respect pour la personne forte et ambitieuse qui est en vous plutôt que de la tendresse voir de la pitié pour la victime que vous affichez être ?
Vous vous connaissez tellement bien, comment est-ce si compliqué alors d'apprendre de vos erreurs ?
Pourquoi je n'arrive pas à changer ?

Après une énième dispute avec mes parents je décide

que la coupe est pleine. Que je vais enfin faire ce que je n'arrive pas à faire depuis des années.
Je le décide, encore une fois et j'y crois, dur comme fer. Encore cette fois.

Je vais couper les ponts qui me relient à toute cette souffrance.
A tout ce mal-être. Ce déséquilibre. Je veux me libérer de ces chaînes qui emprisonnent ma vie, et m'empêchent d'avancer.

De façon normale, j'entends.

J'ai peur d'avoir des enfants un jour et de les aimer comme ma mère.
Mal.
D'en aimer un plus que l'autre.
J'ai peur d'avoir une fille et qu'elle devienne comme moi, à cause de la mauvaise mère que je serais devenue… A cause de la mienne.

La première fois que j'ai réellement compris que ma mère ne m'aimait pas c'était dans un lit d'hôpital.

Comme toute adolescente de mon âge, quatorze à cette époque, mes préoccupations dans la vie étaient mes amies et les garçons.
Mes parents venaient d'acheter une grange en montagne et s'absentaient tous les week-ends pour la restaurer.
Mon frère et moi ne venions pas, car il n'y avait pas encore d'électricité et qu'on avait surtout autre chose à faire que de faire des cabanes dans les arbres, lire à la bougie ou

encore faire des randonnées.
Alors, chaque vendredi soir, ils partaient fâchés contre nous et à leur retour nous avions droit à des tas de reproches.
Cependant, ils nous laissaient tout de même, livrés à nous-mêmes, durant des longs week-ends entiers.
Durant ces deux jours, la chambre de mon frère se transformait en salle de concert où les chanteurs de rap criaient leur dégoût envers la société française, insultaient les femmes et crachaient sur tout et n'importe quoi, leur haine pendant que mon frère et ses amis s'en mettaient plein les poumons.
Ça buvait de l'alcool dans le salon familial, fumait sans aucune gêne, brisait des verres et cramait la moquette par accident… Et comme je voulais éviter le pire au retour de mes parents durant toutes ces soirées, je servais de boniche, essayant de camoufler les dégâts, de réparer la casse.
Mais, quand mes parents rentraient et découvraient deux trois trucs, j'étais toujours la coupable idéale.
Entre la fille qui avait été envoyé en internat chez les bonnes sœurs car mauvaise élève, et un peu rebelle sur les bords, et le fils qui jouait du piano, était dans les premiers de sa classe et était toujours souriant… Qui accuserait-on en premier ?

Quand on à quatorze ans, la moindre contrariété arrête votre petit monde de tourner. La moindre dispute avec votre meilleure amie d'hier en fait votre pire ennemie de demain. Tout est amplifié.
Vous n'avez aucun sens du réalisme, vous ne savez pas relativiser. Votre vie est un ascenseur émotionnel.
Et, un soir, après une journée HORRIBLE, durant laquelle

vous vous êtes disputée avec votre meilleure amie, vous avez vu le garçon dont vous êtes amoureuse de tout votre cœur demander à la fille que vous détestez le plus au monde si elle veut bien sortir avec lui.
Après avoir obtenu un 6 sur 20 en mathématiques, après que votre professeur principal vous ait annoncé qu'il n'allait pas vous louper lors de la rencontre trimestrielle avec vos parents ayant lieu le jour suivant, après que vos parents vous soient tombés dessus à cause de votre mauvais bulletin de notes...
Vous pensez que votre vie est un cauchemar duquel vous n'allez jamais vous réveiller.
Vous pensez que c'est trop dur.
Que vous n'allez jamais réussir à vous en sortir, que ça ne s'arrangera jamais.
Alors vous branchez votre walkman et vous écoutez en boucle
« C'était l'hiver » de Francis Cabrel.

Le texte colle parfaitement avec votre histoire.
C'est l'hiver aussi dans le fond de votre cœur.
Vivre est cruel.
Vous ne croyez plus au soleil.
Alors ce soir là, même si ce n'est pas le soir de vos vingt ans, même si vous n'avez pas de pistolet pour abréger votre calvaire, vous devriez trouver de quoi faire dans la pharmacie de papa et maman…
Et vous trouvez de quoi faire.

Alors après avoir avalé une vingtaine de médicaments en tout genre, vous écrivez une lettre à vos parents, leur expliquant pourquoi aujourd'hui vous ne voyez pas d'autre solution pour apaiser le feu qui brûle en vous et vous consume.

Pointant du doigt tout le mal qu'ils vous ont fait, toutes les fois où ils n'ont pas été là quand vous aviez besoin d'eux, dénonçant les injustices dont vous avez été victime et auxquelles votre frère a assisté sans rétablir la vérité.
Vous pleurez. La vie ne vaut pas la peine d'être vécue.
Puis vous prenez conscience de ce que vous faites et vous pleurez parce que vous savez que vous ne l'assumez pas du tout.

En fait vous ne voulez pas en arriver là.
Vous voulez juste que votre mère vous serre contre elle, qu'elle vous dise que même si vous êtes différente, elle vous aime de tout son cœur.
Vous voulez que votre père vous regarde à nouveau, comme il vous regardait quand vous étiez sa petite princesse, et qu'il était incapable de vous dire non à quoi que ce soit.
Quand vous étiez à ses yeux la personne la plus importante au monde, sa chair, son sang, sa fierté, sa fille chérie.

Vous pleurez, car vous ne voulez pas réellement mourir.
Parce que vous avez peur.

Mais comment revenir en arrière ?
Alors vous allez réveiller votre maman, en pleurs, tentant de lui expliquer.
Elle ne comprend pas, elle n'aime pas être réveillée la nuit.
Mais elle vous conduit quand même à l'hôpital.

Et là, après cette nuit de cauchemar à ingurgiter du

charbon, à boire des litres et des litres d'eau pour finalement passer des heures à tout vomir dans une bassine, vos cheveux dans les mains d'une infirmière ressemblant comme deux gouttes d'eau à Sandra Bullock qui vous serre dans ses bras, quand vous pleurez d'épuisement, pendant que votre mère vous fusille du regard ; oui après cela, vous entendez votre mère vous dire que vous êtes vraiment une enfant impossible, que vous êtes cependant assez maligne pour ne pas avoir tenté de réveiller votre père qui vous aurait sûrement grondée et ordonné de repartir vous coucher.
Qu'elle vous interdit d'en parler à qui que ce soit, car cela pourrait nuire à sa réputation.
Vous comprenez à cet instant que votre mère ne vous aime pas et qu'en plus elle n'a pas de cœur.

Vous le comprenez aussi quand elle vous demande un jour, dans la voiture, devant votre frère et votre père si vous êtes toujours vierge.
Que vous avez l'honnêteté de répondre que non et qu'elle conclut la « conversation » en disant qu'elle ne vous accompagnera désormais plus chez le gynécologue, car vous lui faites honte.
Votre père et votre frère se tournent vers vous et vous jettent un regard méprisant.

Vous avez quinze ans et elle vous arrache votre amour propre et la possibilité de vivre avec une mère des moments de partage, de secrets, des moments de complicité.
Vous vous sentez être une merde.
Vous vous sentez tellement seule dans cette famille, entourée de ces gens qui ne vous comprennent pas et ne

semblent pas beaucoup vous aimer en plus.

Ou après le décès d'un de vos amis d'école, quand elle vous lance froidement le matin de son enterrement :

« Je te préviens, tu retournes en classe après la cérémonie, que ce ne soit pas une excuse pour manquer l'école ! »

Vous avez appris la nouvelle un samedi matin, vous étiez seule à la maison et vous en avez pleuré toutes les larmes de votre corps.
Vous avez pleuré la perte de votre ami, la mort du frère de votre amie de classe…
C'est la première fois de votre vie qu'un de vos amis meurt.
C'est la première fois de votre vie que vous vous rendez dans un funérarium pour découvrir le corps d'un ami, qui s'est fait écraser par un camion, conduit par un homme saoul, et que vous lui dites, au travers d'un livre blanc qu'il va vous manquer et vous lui promettez de prendre soin de sa petite sœur…
Vous avez seize ans et encore une fois votre mère n'a pas pris votre main dans la sienne pour vous soutenir.
Et encore une fois vous réalisez qu'elle ne vous aime pas et qu'elle n'a pas de cœur…

Vous le réalisez aussi quand vous l'appelez pour partager avec elle votre joie, après que votre père vous ait acheté votre première voiture, car vous venez d'avoir votre permis de conduire et que l'unique chose qu'elle est capable de répondre, face à votre enthousiasme, c'est qu'elle n'a pas eu cette chance à votre âge, car son père ne lui a jamais rien acheté, à elle.

Elle a ruiné tous les moments forts de ma vie.
Quand je l'ai appelé pour lui dire que je venais d'avoir mon BAC, elle m'a dit qu'il fallait que j'arrête les études, que je devais entrer dans la vie active car elle lançait sa propre entreprise et que mon père n'allait pas me payer des études mais mettre ses sous dans sa compagnie à elle, dans son avenir à elle.

Et j'en passe… Mais je n'en n'oublie malheureusement pas, tout est bien enregistré dans mon cerveau, comme une liste.
TOUT.
Et c'est lourd, et c'est douloureux…

Ce matin, j'ai décidé de couper les ponts, car je suis épuisée d'espérer à nouveau, à mon âge, que mes parents soient fiers de moi un jour.
Que ma mère m'aime, comme une maman aime un enfant qu'elle a porté au creux de son ventre, pendant neuf mois.
Son enfant qu'elle a nourri au sein, de son lait, pendant des mois.

Son enfant, qui la regarde avec de grands yeux, qui ne voient, qu'elle.

ELLE.

SA maman.

A lui.

SA personne de référence.

Celle qu'il appellera dans la nuit en pleurs, quand il aura un chagrin, quand il aura un bobo...

SA maman.

Et moi je pleure, car je n'en ai pas et que j'en aurais tellement besoin pourtant.
Ma maman à moi, c'était ma Tatie d'amour.
Elle me disait tout ce que ma mère, sa sœur, ne me disait pas.
Elle me tenait la main, me caressait les cheveux, en m'écoutant lui raconter mes malheurs.
Et elle est partie au ciel, ça va bientôt faire un an...
Je souhaite parfois, quand je suis en colère, que ce soit ma mère à moi qui soit au ciel et pas elle.
Et rien que de penser cela, me donne envie de vomir, me révolte !
Si seulement tu savais comme je t'en veux de me faire ressentir et penser de telles horreurs...
Je ne suis pas comme ça, je ne veux pas être comme ça.
Je te hais de faire de moi cette personne !
De me faire ça.

En amour, quand on souffre, on souhaite souvent que notre bourreau connaisse la même souffrance que celle qu'il nous fait endurer.
Je t'en veux tellement de ne pas vouloir être ma maman.
Je ne pourrais jamais te pardonner de m'avoir dit que tu regrettais de m'avoir mise au monde.
Comment as-tu pu ?
Qui peut dire ça à son propre enfant ?

QUI ?

Je coupe un pont qui pourtant ne relie rien.

Alors, normalement cela ne devrait pas être trop compliqué.

Ce matin, une colombe a déposé dans ma messagerie Facebook un message totalement inattendu, accompagné d'une demande d'ajout d'ami.
J'ouvre la page et là mon cerveau se jette contre mon crâne, dans ma tête, pendant que mon cœur fait des sauts de joie !

C'est H. !

Il me dit qu'il a bien reçu ma lettre de *Los Cabos* – je l'avais pas mentionnée cette lettre ?
Vous êtes sûr ?

Hum… Deux mois sans nouvelles. Il en a mis du temps, cet imbécile !

J'accepte évidemment sa demande, je n'ai toujours pas perdu espoir qu'un jour… Peut-être… Bref, je suis toujours aussi pathétique, pas de doute.
Roooooh, cette photo de profil !
Il le fait exprès d'être aussi canon ?
Ce type est un piège à cœurs.

Oui, je suis toujours terriblement amoureuse de lui.

Mais je ne le fais pas exprès ! J'ai essayé de trouver un garçon pour me changer les idées à Saint Louis, mais ils sont tous moches.
Ils sont tous *pas*-H.

J'ai essayé sur la plage de *Los Cabos*, les coudes dans le sable, les yeux dans le ciel, les seins dans l'air, les cheveux dans le monoï. Mon nouveau corps musclé par les trois heures quotidiennes passées à la salle de sport…
J'ai essayé. Mais mes yeux ne sont accrochés à aucune silhouette, à aucun regard du sexe opposé.
Mes yeux sont pour lui, mes pensées, mon cœur… Je lui appartiens toute entière. Rien n'y fait. Je respire chaque jour au travers de l'amour et de la souffrance que je ressens pour cet homme.
Mon cœur me dit que c'est lui. Mon cœur me dit d'être patiente. Il est le seul face à une réalité plus que pessimiste, face à mes amies qui perdent espoir de me voir un jour tourner la page, de m'entendre un jour parler d'autre chose.
Je suis l'exemple vivant, l'illustration même de l'expression pourtant *Has been* de « l'avoir dans la peau ! »
J'arrêterai de l'aimer le jour où mon cœur arrêtera de battre. C'est aussi simple.

Après des semaines à s'envoyer des SMS en se racontant nos vies, il m'apprend qu'il voit quelqu'un.
Étonnement, cette nouvelle ne m'affecte pas plus que cela, non pas parce que je ne l'aime plus, ça, ça n'arrivera jamais, mais parce qu'il ne doit pas être très accroché à elle pour m'envoyer autant de messages et me parler d'elle seulement maintenant alors qu'il la fréquente depuis trois mois.

Il ne compte pas passer la soirée de la Saint Valentin avec elle car il ne ressent pas grand-chose pour elle.

Il me fait même une crise de jalousie quand je lui annonce que je vais rejoindre un copain faisant un stage à Fort Lauderdale, en Floride, pour une semaine et que nous partirons également passer trois jours avec deux copains à lui, à Cancun, pour célébrer *Spring Break.*
Ma dernière relation sexuelle date d'août, l'an dernier.

Heureusement que mes copines américaines m'ont fait découvrir les sex-toys, mais cela n'empêche pas le fait que, même si mon cœur est pris… Et bien… Je suis en manque de cul, quoi…
HEY ! J'ai 23 ans les gens, que croyez-vous ?
Bref, je compte bien, sur mon séjour en Floride et à Cancun pour faire la fête et faire n'importe quoi.
Et j'ai bien l'intention de ne pas me priver. D'autant plus, maintenant que je sais que H. a une copine.
Une copine dont il se fout peut-être, mais une fille avec qui il fait l'amour tout de même.
Puis d'une pierre deux coups, je me fais du bien et je lui ferai du mal.
Un mal qui réveillera peut-être ses sentiments pour moi. Qui sont enfouis quelque part en lui. Je le sais.

FORT LAUDERDALE

Je viens de fouler le sol floridien. Un sourire agaçant est collé sur mon visage depuis que je me suis envolée de Saint Louis.
Romain vient me récupérer à l'aéroport.

Ma rencontre avec Romain est très drôle. Je suis tombée sur lui sur un site de rencontres et l'ai trouvé très beau. Nous nous sommes rencontrés lors d'un séjour à Paris.
Il l'était un peu moins dans la réalité.
Et dans la réalité, il venait également de la même ville que moi. Il avait été dans le même lycée. Son demi-frère avait été dans ma classe, dans ma ville adoptive et un soir où l'alcool coulait à flots, dans mes bras. Il y avait tout juste quelque mois.
Mais nous nous étions vraiment super bien entendus et étions restés en contact.

Ma première journée floridienne m'emplit d'un bonheur sans limite. La ville était magnifique, le ciel d'un bleu aveuglant. Je marchais dans la rue et m'imaginais être main dans la main avec H.
Il ne manquait que lui à ce décor paradisiaque.

Mais il n'était pas là et sûrement avec sa pouffe en plus,

alors pourquoi vivre les choses à moitié ?
La vie est belle, le ciel est bleu, je suis amoureuse mais célibataire.

Romain remplit mon verre toutes les cinq minutes. C'est le temps qu'il me faut pour le vider, entre deux anecdotes sur nos années « Lycée ».
Son coloc et ami ne veut pas nous accompagner dans un bar.
Pas grave, on ira tout seuls !
Dans l'ascenseur, je regarde mon reflet dans le miroir. Me remets les seins en place dans mon soutien-gorge. Romain me regarde par-dessus mon épaule. Je sens que je suis complètement saoule. J'aime le moment où je sais que je vais être, dans peu de temps, scandaleuse, mais, qu'à cet instant précis, j'en ai encore conscience et que cela me fait marrer.
J'aime le « moi » que je deviens, après cinq ou six verres d'alcool (le nombre rétrécit avec l'âge qui grandit).
Je suis comme ces enfants dans la publicité *Petit Bateau,* je me roule par terre, je salis mes vêtements, je tombe, me relève sans avoir mal. Je suis sans inhibition. Sans peur. Je ne connais plus le sens du « regard des autres », le « qu'en dira-t-on » ne m'atteint plus.
Je n'ai honte de rien. Je ne sais plus ce que le mot « conséquences » veut dire.
Je suis complètement imprévisible et effroyablement ingérable. Je brise les soirées de mes amies qui enfilent alors le rôle de baby-sitter.

Quel rôle va enfiler Romain ce soir ?

Dans le bar il y a un énorme cochon qui dort sur un

coussin à même le sol.

L'ambiance est glauque. Il n'y a presque personne dans la pièce. Fort Lauderdale a été déserté par les jeunes étudiants en folie qui recouvrent déjà de vomi les plages et rues mexicaines.
Peu importe, cela ne fait en rien retomber le taux d'alcool présent dans mon sang.
Me voilà en train de danser sur les canapés pendant que Romain a sa tête sous mon T-shirt, dans mon décolleté.
J'arrache la cigarette de la bouche d'un inconnu avec qui Romain échange deux mots juste après.
Je fume dans le bar, le videur me lance des regards qui veulent dire « Toi ma petite… »
Pas le temps d'interpréter, que je danse avec lui pour le décoincer.
Je tente de faire un câlin au pauvre cochon qui ne semble pas s'amuser. Le videur m'attrape par la taille, me soulève du sol et me repose plus loin. Je continue ma balade à travers le bar, embrasse sur la joue la serveuse qui parle un mot de français. Demande une cigarette à celui que j'ai volé, qui accepte… le Taxi… la plage… la mer… le gardien d'immeuble… l'ascenseur… le canapé-lit extrêmement inconfortable qui grince fort…

Bip bip… Bip bip…

Le canapé-lit qui grince extrêmement fort…
Le soleil dans le visage…

Romain qui m'embrasse sur le front et dépose l'adresse de son bureau sur le bar de la cuisine…

Du sable dans le lit.
J'ouvre les yeux.
Ouille ma tête !
Je me débats avec le canapé pour arriver à me redresser.
J'ai soif !
Un verre d'eau !
Il y a une boîte de doliprane sur le bar à côté du petit mot de Romain.
Oh, toi je t'aime !
Je prends le verre d'eau et le cachet et me pose sur la terrasse.
La mer est tellement belle aujourd'hui.
Bon, assumons cette soirée en essayant déjà de nous rappeler.
Mon téléphone, sonne c'est Romain.
Ce sera plus simple pour rassembler les morceaux.
Dix minutes plus tard, Romain me remercie et raccroche.

Un ange passe… Un démon le suit.
Il tourne la tête à ma hauteur me fait un gros clin d'œil avec un sourire diabolique, cela va de soi.

Je viens de me dépasser là.
J'ai fait vraiment fort !
J'éclate de rire sur les murs de l'appartement !
Le compteur est reparti à zéro.
Ma tension sexuelle est redescendue.
Très bas pour le coup.

Voilà ce que Romain vient de me raconter : dans le taxi, je lui ai sauté dessus.
Nous nous sommes embrassés tout le trajet.

J'ai insulté le chauffeur de voyeur.
Il nous a déposés devant son immeuble.
Son immeuble est face à la mer.
J'ai eu envie de voir la mer.
De l'intérieur.

Alors je me suis mise en culotte, et j'ai couru dans la mer. Romain m'a suivie. Nous nous sommes embrassés dans l'eau. C'était excitant.
Alors, je l'ai supplié de me faire l'amour. J'ai continué de supplier en pleurant quand il a dit que j'étais trop saoule pour savoir ce que je voulais vraiment. Face à mes pleurs, il a finalement accepté, pour que j'arrête.
DUR ! !
Nous avons baisé – vu mon état le mot est parfaitement approprié – sur la plage à cinq heures du matin.
Un joggeur a croisé notre route.
Nous ne nous sommes pas interrompus pour autant.
Nous avons ensuite traversé la route nous séparant de l'ascenseur qui nous mènerait au lit.
Nous avons traversé, vêtements dans les bras.
Tout nus.
Nous avons traversé la rue, tout nus, son hall d'entrée, tout nus.
Avons fait la course dans les couloirs.
C'était apparemment très drôle.
Je le trouve aussi !

Et les petits bateaux qui vont sur l'eau n'ont pas de jambes.

CANCUN

A Cancun, le taux d'humidité est tellement élevé que je serai bouclée pendant tout le séjour.
Pas besoin de faire une permanente chez le coiffeur, venez à Cancun.
Quand nous arrivons dans le hall de l'hôtel Oasis, il est cinq heures post méridien.
Des dizaines de jeunes en furie boivent de l'alcool en parlant fort, un peu partout.

Nous nous dépêchons d'aller dans nos chambres faire une sieste, reprendre des forces avant de commencer la fiesta !
Nous avons pris deux chambres. Je ne veux pas recoucher avec Romain. Je ne veux même pas qu'il s'imagine quoi que ce soit alors, je prends la chambre avec son copain qui a déjà une copine et qui ne me plaît pas et décolle le lit double en entrant dans la pièce.

Au bout d'une heure notre réveille sonne.
La soirée commence !

Vêtue d'un mini short, pas forcément sexy, et d'un débardeur simple, je me trouve pourtant extrêmement féline avec mes cheveux ébouriffés comme ils ne l'ont jamais été.

Ce soir, je vais griffer le torse du premier qui m'approche, arracher ses vêtements avec mes dents !

Direction *El Seño*r *Frog's*

Un panneau à l'entrée vous renseigne sur l'ambiance du bar « If drinks could fly… This place would be an airport. »
A l'intérieur, sur une sorte d'estrade se déroule un concours de T- shirts mouillés.

Les garçons m'encouragent à y participer en me convainquant que, face à ces boudins, je gagnerais, c'est sûr, mais mon exhibition a ses limites. Ces pauvres filles se ridiculisent avec leurs seins dégueulasses et leur visage de pute de luxe aux cheveux décolorés.

Nous passons la soirée dans le bar.
La soirée n'aura pas été scandaleuse.
Nous rentrons nous coucher vers six heures du matin.

Notre première journée fut une journée découverte. A bord de notre voiture de location nous visitons les endroits non touristiques de cette ville.

Une vingtaine de kilomètres après avoir quitté notre hôtel, nous découvrons des bidonvilles, des rues sur lesquelles sont posés des immeubles dont la construction semble avoir été suspendue. Ici ne règne que la pauvreté et les couleurs vives que nous avons laissées un peu plus tôt, sont remplacées par des variantes de gris et de noir.

C'est la première fois que je prends conscience de telles inégalités de richesse sur la planète. Le pays le plus pauvre que j'ai visité jusqu'à aujourd'hui est peut-être la Tunisie.
Mais je n'avais encore jamais vu de bidonvilles et encore moins de « maisons » construites avec des cagettes et de la tôle.
Cela me fait profondément mal au cœur.

A midi, nous déjeunons sur la plage, dans un petit restaurant local. Mes pieds enfoncés dans le sable brûlant, je fais une prière dans ma tête pour remercier, encore une fois, Dieu.
Le remercier de m'avoir emmenée là, dans cet endroit. De mettre tout ce bonheur dans mon cœur, toute cette beauté dans mes yeux qui s'inondent.
Nous marchons sur la plage de sable blanc, tout l'après-midi.
Ce soir, c'est rebelote.
Mais nous allons dans une immense boîte de nuit dont je ne me souviens pas le nom et qui ressemble à un théâtre ancien, avec une grande piste de danse au milieu de la pièce. Piste sur laquelle les gens ondulent leur corps au rythme d'une musique dont je ne me souviens absolument pas. Cette scène est entourée de façon circulaire, par trois étages de balconnets sur lesquels les gens peuvent dîner en journée.
Je m'avance vers la piste, lorsqu'un très beau garçon s'approche de moi, prend ma main et m'invite à danser avec lui, contre lui.

Je ne fais même pas semblant de résister, lorsqu'après un quart d'heure de danses chaudes, il m'embrasse.

J'embrasse, sans être complètement saoule, un garçon que je trouve très attirant. Il semble un peu jeune mais il est tellement mignon avec son look de surfer australien que je m'en fiche de savoir qu'il ment en me disant qu'il a dix-neuf ans. Moi, je lui dis bien que j'en ai vingt et un.
Deux beaux menteurs qui font presque l'amour debout sur la piste de danse, entourés de plein d'inconnus qui ne font absolument pas attention à eux.
Je glisse ma main sous son T-shirt pour caresser sa poitrine musclée et toute douce. Je me dis que je pourrai bien avoir envie de coucher avec ce torse musclé tout doux et ce visage d'ange vissé dessus.
J'empoigne ses cheveux de surfer et fourre ma langue dans sa bouche. Sa langue est toute douce, elle a le goût d'un bonbon à la menthe mais je suis bien trop bien pour penser à H.
Nous montons sur la terrasse boire des verres avec mes amis qui me rient à la figure en voyant le jeune garçon qui m'accompagne.
Le jeune mexicain au teint hâlé.
Non, je ne suis en rien de ces gens répugnants qui font du tourisme de prostitution.
La preuve : c'est lui qui offre les verres qui me rendent encore plus saoule et excitée.
Je lui murmure à l'oreille « fuck me » et même si je ne suis pas « famous », ça fait son effet.

Nous voilà dix minutes plus tard en train de nous embrasser chaudement, assis sur des poufs, entre les tables qui ne servent que la journée, dans l'obscurité qui nous fait croire que nous sommes seuls.
Je monte à califourchon sur lui après avoir retiré méticuleusement ma petite culotte (je ne sais pas pourquoi

je trouve que "ÇA" ferait vulgaire si je disais mon string) et alors qu'il me lèche les seins je me cambre un peu trop en arrière, perds mon équilibre et tombe à la renverse, jambes en l'air... cul nu !
Quelle belle scène, je n'en rate pas une !
Une saoule qui essaie de se relever dans des éclats de rire incontrôlés.
Felipe rigole aussi, se baisse pour me saisir par la taille et m'aider à me relever, avant de décider que, c'est bien mieux de me coucher sur le sol finalement.
Me bascule alors, avec agilité avant de retirer son jeans et de rentrer en moi sur la moquette de la boîte de nuit, dont-je-ne-me-souviens-pas-le-nom.

Petite parenthèse nécessaire, même si ce n'est pas précisé dans ce livre, par des soucis de fluidité et d'harmonie dans la narration, l'héroïne de ce livre utilise dans presque chacun de ses rapports sexuels un préservatif. Sachez-le !

Me redresse et me prend sur les chaises, les tables, contre les murs.
Nous traversons le balcon, rhabillés, à la recherche d'une poubelle. On n'est quand même pas des sauvages. On ne fait pas n'importe quoi...
J'accepterai bien son invitation à venir dormir chez lui mais je trouve plus sage (genre il me reste de la sagesse ? !) de rentrer avec mes amis à l'hôtel.
Il me donne son adresse mail, pour que nous ne nous oubliions pas. C'en est presque touchant. Je le quitte après un long baiser que je veux d'adieu.

Bravo Noah...

Tu as rattrapé ton retard en trois jours. Et tu peux cocher les cases :
- Faire l'amour sur une plage devant des joggeurs.
- Faire l'amour sur le sol d'un restaurant et d'une boîte de nuit en même temps.

Tout faire, tout essayer avant de se ranger et de se marier.

Ca sonne bien comme résolution.

Je rentre à Saint Louis le corps épuisé, la tête pleine de souvenirs.
Je rentre à Saint Louis retrouver un quotidien calme et une vie saine.

H. m'appelle deux jours après, pour me dire que mon voyage l'a énormément affecté, qu'il n'a pas cessé de se torturer en pensant à moi et en imaginant ce que je pouvais être en train de faire.
Je ne lui raconte absolument rien, me disant qu'il a peut être imaginé pire et que c'est mieux ainsi.
Lui aussi peut souffrir un peu à son tour.

Une semaine après, il m'avoue avoir quitté sa pauvre petite et insignifiante copine depuis un mois.

M'avoue qu'il m'aime toujours et qu'il veut qu'on se remette ensemble à mon retour.

Veut que j'écourte mon séjour.

Ce jour-là, je lève des yeux pleins de larmes au ciel et remercie mon bienfaiteur.

ET IL EST ENTRÉ DANS MA VIE

Vous ai-je raconté la fois où Dieu est entré dans ma vie ?

A cette époque, je vivais en famille d'accueil, car ma mère ne supportait plus ma présence sous le même toit qu'elle.
Rappelez-vous, elle ne m'aime pas.

Je me souviendrai toute ma vie du jour où j'avais eu cette pseudo-conversation avec mon père, avant qu'ils ne me placent en famille d'accueil.

Ce matin là, mon papounet, l'homme que j'aime le plus au monde, lui aussi, me brisa le cœur.
Il m'expliqua qu'il m'aimait de tout son cœur, mais qu'un jour, moi, je serai grande et que je partirai vivre ma vie. Que lui, il serait tout seul. Il savait que je souffrais et voulait vraiment que j'entende que son amour pour moi était inépuisable. Mais il ne pouvait pas choisir entre sa femme et son enfant.
Pourtant ce jour là, papa, tu as choisi.

Une semaine plus tard je faisais mes valises pour quitter la maison.

J'avais seize ans.

La famille où je fus placée était composée d'une mère, à fort tempérament, d'un père, gendarme, de leur fille qui avait quinze ans et de leur fils adoptif qui avait onze ans.
Je ne devais y passer que quelques mois, je ne voulais pas reconstruire ma vie en devenant membre d'une autre famille.
Je voulais déjà prendre le temps de panser mes blessures.
Mon investissement affectif était donc superficiel.
Étant donné que je ne pouvais plus sortir, qu'on venait de me changer d'école et de ville, je perdis petit à petit toutes mes amies.
On pouvait dire que j'étais vraiment seule au monde.
Mon cœur brisé cicatrisait en s'emplissant de haine envers le monde qui m'entourait.
Je ne supportais plus personne. Je les observais et les voyais tous complètement ignares. Je trouvais leurs allures ridicules et leurs attitudes toutes aussi grotesques. Je les imaginais le matin devant leur glace se dire qu'avec telle ou telle tenue, que je trouvais à chier, ils allaient séduire la planète. Je les trouvais pathétiques au possible. Leur respiration à mes cotés dans les transports en commun m'était insupportable. Je trouvais tout le monde laid et sans intérêt.
Je m'habillais de noir, je lisais des livres obscurs et dramatiques.
J'étais devenue sociopathe.
Je rejetais le monde qui m'entourait, à raison d'avoir été moi-même rejetée par les gens de mon entourage.

Un matin Pierre m'appela, il voulait passer me voir. Je lui avais raconté mon histoire, la noirceur de mes idées…

Le désespoir permanent dans lequel je me noyais, un peu plus chaque jour. Ma vie était devenue un puits sans fond dans lequel je tombais, je tombais, je tombais... toujours plus, toujours plus bas.
Mon cœur ne battait plus de joie depuis bien longtemps.

Pierre est mon premier, celui à cause de qui j'ai été humiliée devant mon père et mon frère par ma mère.

C'est une personne pour qui j'ai beaucoup d'admiration et de respect.
Il fait partie de ces gens de notre entourage qu'on écoute attentivement car ils ont toujours des choses intéressantes à nous apprendre.
Et même si Pierre m'a brisé le coeur, lui aussi, un jour, en me quittant pour une fille plus âgée, plus mature que moi (il a cinq ans de plus que moi), même si à la fin de notre histoire je n'étais devenue rien d'autre que son objet sexuel, qu'il n'éprouvait aucun remord à abandonner après l'avoir baisé égoïstement, avec pour excuse, que la soirée ne faisait que commencer et qu'il n'allait pas rester ici pour dormir, je l'adore.
Un enfoiré affectif ?
Oui j'adore un enfoiré affectif.
On en a tous croisé un, un jour.
Mais qui d'entre vous en ont fait leur ami ?
Les plus tordues...

Pierre croit en Dieu. Un jour Dieu est entré dans son cœur. Par la petite porte. Pourtant aujourd'hui, il occupe la place principale dans le rôle de sa vie.

Pierre m'a tout raconté. Tout ce qu'il avait dans son cœur

depuis ce jour là.

Pratiquer l'abstinence quand on est limite nymphomane... C'est tout de même un changement radical. Mais venant de sa part, sortant de sa bouche, rien ne portait à contestation.
Comme les autres fois, je l'ai écouté, silencieusement. Avalant chacun de ses mots, comme on avale un verre d'aspirine après une soirée beaucoup trop arrosée.

Puis je suis rentrée chez eux (ma famille d'accueil).
Je me suis glissée sous la couette, j'ai fixé le plafond en analysant ma vie par rapport à la nouvelle que je venais d'apprendre.
Alors j'ai posé la question à voix haute.
« Dieu, existes-tu ? ! »
Et la réponse s'est faite dans un torrent de larmes chaudes, qui sortait et jaillissait de moi de façon incontrôlable.
Je sentis également comme une déchirure dans ma poitrine.
Mon cœur s'était rouvert.
A partir de ce moment très troublant, chaque jour, je demandais à Dieu, d'entrer dans ma vie.
De purifier mon cœur.
Et depuis ce jour, dans chaque épreuve que la vie me fait traverser, je me tourne vers lui pour trouver le courage.
Chaque fois que je doute, je me tourne vers lui.
Chaque fois que j'ai peur, je l'imagine me tirer par la main pour affronter mon futur.
Chaque fois que je vis des moments difficiles, je me rappelle qu'il ne veut que mon bonheur et que même si aujourd'hui est sombre, je sais que ce qui m'attend demain est joie et beauté.

Toute cette haine qui coulait en moi comme un venin et qui empoisonnait ma vie, m'a quittée depuis ce jour. J'apprends le pardon, la tolérance et le bien avec Dieu.
Je lis les textes saints quand je sens l'obscurité me rattraper et lorsque des idées mauvaises envahissent ma tête.
Dieu est avec moi partout.
Silencieusement et discrètement je le transporte dans mon cœur.
Il me parle à travers mes rêves.
Il a fait de moi une personne meilleure, il me le rend bien en exauçant certains de mes vœux, pas tous, malheureusement, mais je respecte ses choix et l'adversité.
Je n'oublie jamais de le remercier quand de belles choses m'arrivent.
Je le vois comme un grand-père qui veille sur sa petite fille et lui donne un coup de pouce, si nécessaire.
Je sais qu'il m'aime et je le sens dans mon cœur quand il est fier de moi.

Lorsqu'on me demande si je suis chrétienne ou protestante je ne suis même pas sûre de savoir quoi répondre.
Pour moi la vraie religion, quelle qu'elle soit, est celle qui purifie votre cœur, et vous donne envie de faire le bien autour de vous.

Saint Louis 15 Avril 2009

Je suis réveillée dans la nuit par une douleur dans le bas du ventre. Mon pouls est rapide. J'ai chaud. Je ne sais pas ce qu'il m'arrive.

J'arrive à me rendormir.

Vers six heures du matin, la douleur se fait bien plus violente et m'arrache de mon rêve cette fois-ci.

Après avoir désespérément tenté d'ignorer le mal pendant plus d'une heure, me tordant dans tous les sens pour trouver la position qui la fera passer, je descends dans la cuisine trouver Pam (la mère de ma famille américaine).

Je lui explique ce que je ressens, en me tortillant sur moi-même comme un lombric fiévreux.

Alors qu'elle part chercher des anti-inflammatoires, je ne sens plus mes jambes, commence à perdre connaissance et m'allonge alors sur le sol de la cuisine. J'en apprécie sa fraîcheur.

Je sais que je suis dans une position totalement inappropriée mais n'ai absolument pas la force d'avoir la moindre décence à cet instant précis.

Je me sens perdre le contrôle de mon corps, tellement la douleur est forte.

Pam commence à s'inquiéter en me voyant dans cet état et m'épaule jusqu'à mon lit pour que je m'y allonge et attende de voir si ça passe.

Je me dis que ça passe.

Alors que Pam est partie au travail après avoir déposé les enfants à l'école, me voilà seule, dans ma salle de bains, au deuxième étage de la maison, accoudée à la cuvette des toilettes, tête dans le trou.
J'envoie en direct des informations sur l'évolution de mon agonie à mes amis en France, via Facebook, histoire de me sentir moins seule.

J'ai envie de vomir, mais n'y parviens pas. Vous savez à quel point c'est horrible quand on a envie de vomir, sans pouvoir faire sortir quoi que ce soit de sa gorge. Notre estomac se contracte pour n'expulser RIEN du tout !
On force, on force, on devient rouge écarlate, on souffre énormément et RIEN, QUE DALLE !
C'est épuisant !
Je suis épuisée…
J'ouvre les yeux, j'ai dû m'assoupir, je suis toujours sur le carrelage froid de ma salle de bains et suis bien contente que personne ne m'ait trouvée dans cet état.
Il est bientôt onze heures du matin, et il me semble que la douleur monte en intensité, minute après minute.
Je craque, appelle Pam et lui avoue que ça ne va pas du tout, et que peut-être il serait bien que j'aille à l'hôpital.
Shana, sa belle-sœur, qui ne travaille pas, devrait venir me récupérer d'ici dix minutes.
La sonnette de la porte d'entrée me tire de ma somnolence. Shana vient d'arriver.
Il me faut bien cinq bonnes minutes pour descendre au rez-de-chaussée et rejoindre la porte d'entrée, ou une Shana inquiète m'attend avec son fils de trois ans, Kullan.
Apparemment, à en croire sa tête, j'ai une mine atroce,

Kullan aussi semble apeuré ; d'habitude il me saute au coup, mais là, il se cache limite derrière sa mère.
Rassurant !
Dans la voiture je n'arrive même plus à me contrôler et pousse des gémissements de douleur.
Kullan a peur et m'accompagne alors dans mes gros sanglots. H., à qui j'ai envoyé un message d'adieu, car je suis certaine que cette journée va s'achever par mon décès, n'arrête pas de m'envoyer des textos pour prendre de mes nouvelles, mais comme je n'ai pas la force de me concentrer sur une quelconque réponse, il finit par m'appeler.
Impossible de jouer la comédie pour ne pas l'affoler, je pleure, pleure et pleure encore de douleur et n'arrive même pas à aligner trois mots.
A l'hôpital on nous fait patienter plus de quarante-cinq minutes.
Je n'en peux plus.
Je suis à bout de forces, je ne comprends absolument pas ce qu'il m'arrive et quel est donc ce mal qui me ronge.
Je préférerai encore mourir tellement c'est insupportable.
Je n'ai jamais eu aussi mal de toute ma vie.
Mes parents que j'ai eu au téléphone m'ont reproché de leur donner du souci alors qu'ils sont de l'autre côté de la planète et ne peuvent donc rien faire pour moi.
Si, si, vous auriez pu, par exemple, me dire des mots tendres pour m'apaiser, me rassurer, me calmer… Non, vous m'avez seulement dit que ce ne devait être qu'une petite intoxication alimentaire, que ce ne pouvait absolument pas être une crise d'appendicite car la douleur était bien trop insoutenable.
Je ressens une douleur insoutenable.
Et quand vient enfin mon tour, et que l'infirmière, me

demande de décrire ma douleur sur une échelle de un à dix et que je lui réponds quinze, même la grosse dose de morphine qu'elle m'administre ne me calme pas.
J'ai le bras anesthésié, je ne peux tout simplement plus envoyer de messages à H.
S'en suit une succession de tests en tout genre, car :
- J'étais au Mexique il y a deux semaines, juste quand le virus de la grippe porcine s'est déclaré.
- J'ai eu une relation sexuelle non protégée sur une plage.

On me fait boire d'une traite, alors que je n'ai aucunement soif, deux litres d'un liquide ignoble.
On me fait un scanner en m'expliquant qu'à cause du liquide et du scanner je vais ressentir comme si je me faisais pipi dessus.
« Non, mais je me fais réellement pipi dessus, venez m'aider, s'il vous plaît ! »
Alors l'infirmière vient et reste avec moi, me tenant la main durant tous les tests pour ne plus que j'ai peur. Je suis seule, dans un pays qui ne parle pas ma langue, je suis sonnée et ma «famille» et mes amies, sont loin de moi.

Trente interminables minutes après la fin des tests, un docteur vient me voir dans ma chambre pour m'expliquer ce que j'ai.
On doit me sectionner l'appendice et étant donné que la douleur a commencé à se faire sentir tôt dans la matinée, il est plus que vital que je sois opérée dans la demi-heure. Il est dix-sept heures trente.

Un défilé de chirurgiens, infirmières, et anesthésistes passe dans ma chambre, afin d'avoir la courtoisie de se présenter ET de m'expliquer comment va se dérouler mon

opération.
Quelle attention charmante je me dis, en plus c'est super de connaître le pourcentage de *chances* que j'ai, lors d'une anesthésie générale, de ne jamais me réveiller !
J'appelle H. pour lui dire adieu et que je l'aime.
Mes parents me disent que tout va bien se passer et ma mère insiste pour connaître l'heure à laquelle je vais sortir du bloc pour m'appeler et prendre de mes nouvelles.
Dix minutes plus tard je suis toute nue, fesses au vent, et à la vue de tous, sous ma tenue de future opérée. Je me couche dans le lit, direction la table d'opération.
Je recentre mes pensées et rigole en me disant : « Putain ça n'arrive qu'à moi sans déconner ! ! »

J'ouvre les yeux.
Bip bip…
Les referme.
Bip bip…
Des pleurs me réveillent.
Ce sont les miens.
Après chaque anesthésie générale, je me réveille en pleurs.
Voilà l'effet que cela a sur mon cerveau.
A mon réveil, ma première réaction est de pleurer.
N'est-ce pas épuisant de passer son temps à pleurer, comme ça, sans savoir pourquoi ?
Je sais pourquoi, moi.
J'ai froid et j'ai perdu ma culotte.
Je crie à l'infirmière qu'on m'a volé ma culotte et que je veux qu'on me rende ma culotte.
Non, mais qu'est-ce que c'est que ça, de laisser les patients cul nu comme ça ?
L'infirmière se penche sous mon lit et attrape la poche plastique dans laquelle ma peluche et ma culotte sont

conservées. Je lui arrache presque des mains, les serre contre ma poitrine et me rendors, rassurée.

J'ai envie de faire pipi.
Où suis-je ?
Il fait froid bordel !
Je me lève et, traînant la barre où est accroché mon cathéter reliant une poche d'eau à mon bras, vais à la recherche de toilettes dans les couloirs de l'hôpital.
En trouve enfin et m'y enferme afin de pouvoir me soulager en toute intimité.
Ressors des toilettes et ne sais plus du tout par où je suis arrivée.
Je suis encore un peu dans les vapes je crois.
Un docteur croisant ma route me renseigne, et alors que je m'éloigne il m'interpelle et me dit :
« Mademoiselle faites attention, vous avez les fesses à l'air » et s'éloigne en ricanant.
Interloquée, je reste figée un moment avant de regarder lentement ce qui m'entoure… De me regarder moi… mes pieds.
De toucher ma tenue d'opération, de glisser mes mains le long de mes hanches, pour découvrir ma peau nue au niveau de mes fesses.
La HONTE !

Alors je retourne vers ma chambre, toute rouge, traînant toujours la barre où est accroché mon cathéter reliant une poche d'eau à mon bras, en glissant maladroitement le long des murs alors que les couloirs sont totalement déserts et que, de toute évidence, je ne peux pas plus me ridiculiser.

Dans la chambre Umi, la maman de Gurpreet (le père de ma famille américaine), m'attend, inquiète. Elle me prend dans ses bras, sans trop me serrer, m'embrasse avec tout l'amour du monde sur le front, et m'oblige à m'allonger pour me reposer.
C'est alors que je réalise que mon ventre me fait mal, je soulève alors mon vêtement et découvre un ventre de femme enceinte d'au moins quatre mois, avec de larges pansements, là où un ventre plat était avant.
Le touche délicatement et comprends que c'est bel et bien de mon ventre qu'il s'agit. Il est vraiment énorme !
On vient me chercher pour me changer de chambre. Il n'y a plus de chambre simple, je vais donc partager la mienne avec une dame d'environ soixante-dix ans qui semble gentille.

Il est tard, je suis fatiguée ; Umi me laisse à ma nuit de sommeil et promet de revenir me voir le lendemain.
Mon téléphone est sur mon chevet et ne sonne pas.
En France il est deux heures du matin.

Après avoir lu tous les magazines qu'Umi m'avait achetés à la boutique, je ne trouve toujours pas le sommeil.
Le fait que la gentille dame, partageant ma chambre, ronfle comme un énorme camion, n'arrange en rien mon problème.
Pire, ça commence à me taper sur le système. Dès que je ferme les yeux et commence à m'endormir, car je suis épuisée, ses ronflements me réveillent en sursaut.
Alors je tente différents stratagèmes pour la réveiller et donc la faire cesser.
Je siffle.
Je tape dans mes mains.

J'allume et éteint la lumière, plusieurs fois de suite.
Rien.
Je racle ma gorge bruyamment.
Je tousse fort.
Je fais même sonner mon téléphone.
RIEN !
Bordel, si elle ne faisait pas tant de bruit je me demanderai même si elle est encore en vie.
Il est deux heures du matin.
Et toujours réveillée en train de créer des chorégraphies avec mes bras sur le bit de « ronflements atroces de fausse dame gentille ».
L'idée de lui jeter un verre d'eau à la figure et de sauter dans mon lit, style de rien, me frôle même l'esprit.

Evidemment, il est maintenant dix heures du matin en France, et si j'étais restée inerte sur la table d'opération, personne n'en aurait rien à foutre, ça m'énerve !
Et cette salope de vieille pie qui dort sur ses deux oreilles, alors que moi j'ai trop envie de l'étouffer sous son oreiller !
Tout est contre moi ou quoi ! ?
Sur cette question sans réponse, je finis par me laisser enfin emporter par Morphée.

Sous cachet de morphine depuis plusieurs jours, je reçois une carte de vœux de bon rétablissement de toute l'équipe ayant assisté à mon opération chirurgicale.
Je suis touchée.
Mais le suis beaucoup moins quand, le jour suivant, je reçois ma première facture : 5000 $ pour l'anesthésiste.
Je le suis encore moins quand, le surlendemain je reçois une autre facture du chirurgien s'élevant à 7000 $.

Je commence à sérieusement flipper après la facture de 14000 $ pour les frais de séjour dans hôpital, incluant les examens, la nourriture, la nuit et la tenue d'opération, que je ramènerai peut-être en France, vu le prix, pour une soirée déguisée !
Séjour de qualité !
Devrais-je demander un rabais pour l'horrible nuit passée dans leur établissement ?
Un total de plus de 26000 $! Car je ne sais pas si j'ai encore tout reçu.
Comment vais-je faire ?
Quand j'en parle à mes parents, ma mère me dit que ma famille américaine riche pourrait bien me les payer, que pour eux ce ne serait pas grand chose.
Sérieusement ? ? ! !
Sans commentaire…

Après m'être tout de même renseignée auprès de la compagnie d'assurance couvrant mon séjour, j'apprends que c'est eux qui vont prendre la totalité des dépenses en charge, et ceci sans avance de frais.
Trop de chance.
Je prends vraiment conscience de ma chance en repensant au film ***Sicko*** de Michael Moore. J'imagine alors le scénario dans lequel un père de famille, ayant perdu son emploi, n'ayant donc plus d'argent pour souscrire à une assurance se retrouve avec son enfant ayant une crise d'appendicite, face à un hôpital qui n'accepte votre admission qu'après avoir vérifié votre carte d'assurance.
On meurt d'une simple crise d'appendicite, si une appendicectomie n'est pas faite dans les six heures suivant l'apparition de la douleur.

Après six heures, le risque de péritonite et de septicémie est très élevé, pouvant conduire directement le patient jusqu'au décès.
Et moi qui suis couverte à cent pour cent.
On ne naît pas tous sous la même étoile, comme dirait le chanteur du groupe *I am*.

31 Mai 2009
Saint Louis

Plus d'un an…
Je jette un coup d'œil dans le rétroviseur.
Ça va, je me trouve jolie.
« Mon Dieu, je suis en train de conduire en direction de l'aéroport ! THIS IS IT ! ! »
J'arrive, dans à peine quelques dizaines de minutes !
Je vais le revoir !
Oh, non, ne pleure pas, tu vas faire couler ton rimmel.
Non…
Oh, mon Dieu !
On ne s'est pas vus depuis plus d'un an.
Je l'aime tellement !
Et lui aussi en plus !
Il me l'a dit avant de décoller de l'aéroport de Paris.
Il m'a dit qu'il m'aimait A LA FOLIE ! ! !
N'ai-je pas, moi-même, sombré dans la folie ces deux dernières années, par amour pour lui ?
On est fous d'amour l'un pour l'autre.
Notre histoire est digne des contes de fées.
Mes amies n'en reviennent pas, n'y croyaient plus.
Mais si.
Il est enfin revenu.
Et là, il vient car depuis trois mois, la distance nous rend

malades.
Car nos corps ont besoin l'un de l'autre. Car on se meurt de notre absence.
Car je n'en peux plus.
C'est trop dur de savoir qu'on s'aime, mais de ne pas se voir.

Il se tape dix-sept heures de trajet pour venir me voir à Saint Louis. Dix-sept heures, aller ET retour. Pour venir passer soixante-douze heures et trente-cinq minutes avec moi !

Son avion vient d'atterrir pendant que je suis en train de tracer un sillon dans le sol de l'aéroport en faisant les cent pas.
Les dernières minutes sont insoutenables.
JE VEUX LE VOIR ! !
Je veux l'embrasser.
Embrasser cette bouche si douce.
Je veux le sentir.
Me shooter à l'odeur de sa peau, de ses vêtements.
Je veux poser ma tête dans son cou, qu'il me serre fort dans ses bras.
Je veux lui.

Et enfin, il arrive.
Je le vois.
Il me voit.
J'ai les yeux dans l'eau.
Ma vision se trouble pendant que sa silhouette se rapproche. Je cours vers lui et lui saute dans les bras.
Me serre si fort, c'est tellement bon.
Je pleure à chaudes larmes, lui aussi.

On s'embrasse la bouche, le front, les joues, les mains.
On se regarde, on pleure et on se resserre dans les bras.
On est tellement beaux, c'est tellement émouvant notre histoire.
Je viens de retrouver ce que j'avais perdu, depuis beaucoup trop longtemps.
Je revis.
J'ai tellement envie de ne jamais m'éloigner à nouveau à cet instant.
Je l'aime si fort que ç'en est douloureux.

Dans la chambre d'hôtel allongée dans ses bras, je l'écoute me raconter tout ce que j'ai manqué de sa vie.
Je le regarde, il est tellement beau.
Je me frotte les yeux, non ce n'est pas un rêve.
Je le pince, il ne comprend pas mais moi je vérifie qu'il est bien réel. Nous refaisons l'amour pour la première fois en sachant qu'on sait qu'on s'aime tous les deux. En même temps et tellement fort.
C'est si beau que je voudrais que ce moment dure une éternité.

Durant ce court, mais intense moment ensemble, je lui fais découvrir ma ville, rencontrer ma famille américaine, mes amies américaines.

C'est super de pouvoir le faire entrer dans mon monde merveilleux, qu'il entre dans cette vie où je me sens tellement bien. Il est la pièce manquante à ce tableau presque parfait.
Si je pouvais le garder avec moi ici, j'y resterai, toute ma vie.

Mais, le lundi après-midi, je le reconduis à l'aéroport

de Saint Louis et retourne à ma vie de rêve, à laquelle il ne manque que lui.

I UP MY EYES TO THE BLUE SKY AND LOS ANGELES' RE SMILING ME FROM THE CLOUDS

Le ciel est bleu.
Je suis en Californie ! ! !
Le ciel est bleu et je suis à Los Angeles.
Dans la deuxième plus grosse ville des États-Unis après New York.
Oh, mon Dieu ! !
Valise en main, je suis aéroport de LAX.
Nous sommes le 6 juin 2009, il est neuf heures.

Je prends le bus en direction de l'auberge.
La chaleur est écrasante, l'air est lourd et chaud.
Je suis en Californie et le ciel est bleu.
Assise dans le bus, je savoure tout ce qui m'entoure.
Les gens et leur style.
Les rues et leurs voitures.
Les immeubles et leur architecture.
Je prends une profonde respiration et savoure.
Tout simplement.

Dans l'auberge, je prends un lit dans un dortoir.
Alice, jeune française que j'ai rencontrée à New York, lors de notre séminaire d'intégration à la vie américaine et aujourd'hui amie, me rejoins ce soir. Son avion en

provenance d'Arkansas n'arrive que tard dans la nuit.
Peu importe, je vais profiter de cette belle journée, toute seule.

Une fois libérée de mes valises, je décide de voir la mer.
Aidée de l'application PLAN de mon iPhone, je me retrouve face à l'océan Pacifique nord, en quelques dizaines de minutes.
Je ne trouve pas la plage particulièrement belle, il y a bien devant moi un kilomètre de sable blanc brûlant avant de pouvoir toucher l'eau.
Je trouve plus charmantes nos petites plages françaises, avec des points d'ombre, grâce aux arbres qui les arborent.
L'odeur de pin, le petit vent frais, le rire des enfants et le bruit des vagues.
En même temps je ne suis pas en France et je suis bien mieux ici ! Après m'être offert une glace à la vanille, je redescends à pied Ocean Avenue, en direction de Venice Beach.
Oui !
VENICE BEACH BABY !
Le *spot* de Hank Moody.*
La place de Marina, de Shane, d'Alice, de Tina, de Bette, d'Helena, de Jenny et de Jody*.
THE Pacific Avenue…
Cette avenue est tellement connue partout dans le monde.
A tellement de fois été le témoin de tournages des séries qui rythmeront la vie de nombre de gens, jeunes et moins jeunes, du monde entier. Et moi je suis là.
La chance !

(*) Hank Moody : Héros de la série *Californication.*
(*) : Héroïnes de la série*The L world.*

Les gens sont si beaux ici !
Pendant que je marche le long de la plage, je croise des skateurs, des long-bordeurs, des cyclistes sur des vélos immenses et vraiment stylisés, des joggeuses aux corps parfaits, des mamies avec leurs chiens apprêtés…

Tout est beau !
Même ce SDF avec des tatouages partout sur son visage, aux vêtements crasseux et à l'hygiène qu'on devine douteuse, poussant le caddie qui renferme sa vie, a de la gueule dans ce décor.

Petite parenthèse : la Californie est le seul état aux USA où la pauvreté fait partie du décor. Les SDF, mendiants, drogués et autres âmes errantes, ont le droit de se balader librement uniquement en Californie.
Dans les autres États, la police les arrête pour les reconduire aux frontières de l'État car c'est moche d'avoir des gens comme ça dans sa ville… Partout où ils vont, à part la Californie, ils sont reconduits aux frontières.
C'est le seul État où on vend du cannabis légalement aussi.

Il y a de gigantesques tags partout sur les murs, la qualité du travail laisse deviner que leurs auteurs sont de vrais artistes.
Les terrasses des bars sont proches du débordement.

Des artistes de rue s'affairent à des spectacles divers et variés pour arracher quelques dollars aux touristes.
Je suis émerveillée devant tout ceci.
Pacific Avenue est si animée !

Le 7 Juin 2009
Huit heures du matin.

Nous sommes dans le hall de l'hôtel Sheraton et faisons connaissance avec les gens qui vont partager notre trip dans une petite fourgonnette durant les dix prochains jours.
Nous avons ici un français vivant à New York et travaillant dans la finance, qui a un an de plus que moi, qui semble un peu bourge mais très sympa.
Un frère et une sœur américains. Le visage rouge de l'un, nous apprend qu'il a des penchants pour l'alcool et lors d'une soirée un peu arrosée, nous apprendrons que l'autre vient juste de se faire larguer par son mari et entame une procédure de divorce.
Ensuite, il y a le chauffeur et animateur du trip, avec sa barbe d'une semaine, ses cheveux gras et ses vêtements d'adolescent attardé.
Puis Alice, puis moi-même.
Une bonne petite équipe.

Ce matin nous allons visiter, depuis les fenêtres de la fourgonnette, Los Angeles.
Nous commençons par les quartiers les plus riches de la ville. Les maisons ressemblent à des châteaux, tout droit sortis de contes de fées avec leur pelouse d'un vert

éclatant, dont la coupe semble avoir été finie aux ciseaux. Les haies ressemblent au jardin de la Reine dans *Alice aux Pays des Merveilles.* Tout brille, tout est magnifique. Je n'ose même pas imaginer à quoi ressemblent les intérieurs de ces somptueuses demeures…
Mon imagination a ses limites.

Le parcours touristique classique que nous faisons inclut aussi un tour dans les artères célèbres, telles que Sunset Boulevard, Santa Monica Boulevard, Melrose Avenue, le Pacific Coast Highway ou le célèbre Rodeo Drive à Beverly Hills qui abritent de nombreuses boutiques de luxe.
Nous sommes à Beverly Hills.
Nous sommes à Bel Air sans son prince.
Puis nous marchons sur Hollywood Boulevard, *We Walk on the Fame.* Nous prenons en photo la fameuse colline depuis la maison Kodak…

Une fois qu'on en a bien plein les yeux, on monte en voiture direction *Joshua Tree National Park,* croisons la route de serpents à sonnettes… Grand Canyon National Park Arizona, où nous avons la chance d'assister au plus beau coucher de soleil du monde… Las Vegas in Nevada dont je ne me souviens pas de grand-chose, car j'ai beaucoup trop consommé d'alcool lors de notre soirée… *Death Valley* in California, où je crois mourir de déshydratation après l'énorme cuite de la veille… Puis, enfin, San Francisco.
Dans le van, tout le monde chante "*If You're Going To San Francisco*" de Scott McKenzie.
Le vent est chaud et caresse mon bras pausé sur la portière, glisse sur mon visage illuminé d'un sourire

d'enfant tout simplement heureux. Je viens d'offrir à mes yeux le plus beau cadeau de toute ma vie depuis ma naissance. Ils ont vu des paysages aussi divers que variés, ils ont pleuré de tristesse mais souvent d'émotion. Ceci est mon dernier voyage avant de rentrer vivre en France.

Je sais que je ne remettrai pas les pieds dans ces endroits de si tôt.
Je voudrais que oui.
Mais je sais que non.

J'aime avoir vécu toutes ces belles choses.
L'eau de la cascade de *Yosemite National Park* ne fouettera peut-être plus jamais mon visage.
Je ne ferai plus couler le sable blanc et chaud mexicain entre mes doigts en regardant l'océan Pacifique.
Je ne rirai plus en nageant à dos de dauphin.
Je ne pleurerai plus, chair de poule aux bras, en contemplant la danse d'une baleine à moins de cinq mètres de moi. Je ne ferai plus de cheval sur une plage de *Los Cabos* aux côtés de Hannah, Ari, Pam, Umi, Shana et Gurpreet.
Je le sais au fond de mon cœur.
Je l'ai su lorsque j'ai dit à H. que j'acceptais de rentrer en France plus tôt, pour lui.
Je le savais et je l'ai prévenu que je risquai de lui en vouloir.
Mais il me manquait tellement aussi il faut dire.
Tellement…

LE ROI DE LA POP EST MORT CE SOIR...

Nous sommes le 25 juin 2009, il est trois heures de l'après-midi, mon téléphone sonne.
L'appel vient de France.
Je décroche.
« Noah, s'il te plaît, dis-moi que c'est un canular !
Dis-moi, que ce n'est pas vrai !
CE NE PEUT PAS ÊTRE VRAI ! ! ! »
Jeanne n'arrive pas à articuler, tellement elle semble bouleversée, mais moi je ne comprends pas ce qui se passe, je viens tout juste de rentrer à la maison.
J'allume la TV et comprends que non, ce n'est pas un canular...
BBC News, via Jermaine Jackson, le frère de Michael, m'apprend que le Roi de la Pop est mort ce début d'après-midi à Los Angeles. Je ne peux retenir les larmes qui coulent le long de mes joues.

MICHAEL JACKSON EST MORT.

Je pensais cet homme intemporel.
Je le croyais presque immortel. Je me souviens quand j'étais enfant, j'écoutais les gens parler de lui, avec tant d'admiration, avec tant de passion ! Tant que, je croyais

qu'il était mort, personne de son vivant ne pouvait déclencher tant d'excitation.
Il était amour. Il était naïveté et tendresse… Tant de gens ont terni son image, mais jamais cela n'a affecté un seul de ses vrais fans.
Je suis une de ses vrais fans.
Aujourd'hui je pleure sa mort.
Repose en paix, Michael.
En sortant dans la rue, le spectacle est des plus bouleversants.
Des fans sont assis en cercle, une bougie au milieu, et reprennent en cœur les tubes du chanteur tant aimé.
Les feux ne fonctionnent plus et se contentent de clignoter en rouge. Le temps semble s'être arrêté.
Un homme est mort et le monde entier semble affecté par la nouvelle.
Un homme est mort et des milliers de cœurs sont noués et transis par la nouvelle.
On dépose des roses devant des posters de la star disparue.

Une fois de plus un événement historique se produit aux USA et j'en suis témoin.

LE GRAND DEPART

25 Juillet 2009.
20h

Assise contre le mur de ma chambre de princesse, je lève les yeux au ciel pour empêcher les larmes de sortir. Mes valises ouvertes et débordantes me regardent depuis mon lit. Je suis sûre qu'elles veulent rester ici, elles aussi, un long voyage de 14h les attend, elles vont être bousculées, jetées, abîmées, mal traitées.
Moi, je vais regarder l'avion quitter le sol américain et sûrement le regretter toute ma vie.
Comment faire entrer dans seulement deux petites valises tout ce que j'ai vécu ici ?
Tous ces souvenirs ?
Toutes ces joies ?
Évidement que ça déborde !
Mon cœur est comme ces valises : en overdose.
J'aime ma vie ici mais il me manque quelque chose.
Il me manque ma moitié, mon amoureux.
Ma drogue.
Ma came.
Mon H.

26 Juillet 2009.
7h30

Pam, Hannah et Ari sont dans la cuisine.
Rien que de les regarder cela me fend le cœur.
Même les chiens sont là.
Je sais qu'ils vont terriblement me manquer.
Je peux, peut-être, rebrousser chemin et monter dans un avion, oui, mais pour le Colorado et passer l'été avec eux, ne jamais se réveiller de ce rêve, ne pas retourner en France.
Rester ici où je suis presque comblée...
Je m'effondre, elles aussi pleurent, Ari c'est un grand, il ne pleure pas, mais je sais qu'il m'aime autant que je l'aime et que je vais aussi lui manquer.
Je l'ai su quand il m'a offert sa peluche.
Et Hannah, ah !
Elle n'a pas toujours été tendre avec moi, mais qu'est-ce que je peux l'aimer cette petite sœur que je n'ai jamais eu.
Si belle, si intelligente, si brillante.
Et Pam...
Pfff, mon cœur va exploser.
Aucun mot ne peut décrire exactement ce que je ressens pour eux.
Alors on ne dit pas grand chose, on se regarde droit dans les yeux se promettant de belles choses sans se les dire...

On s'embrasse, on pleure et on se dit à très vite en sachant qu'on ment.
Gurpreet, le père, me dépose devant l'aéroport, en glissant des billets verts dans la main d'un employé ; il s'assure que j'aurai l'aide dont j'ai besoin.
Je refuse la liasse qu'il me tend, aucun billet ne réchauffera mon cœur à cet instant. Je le serre fort dans mes bras sans arriver à lui dire combien je lui suis reconnaissante, pour la confiance qu'il m'a accordée, pour toutes ces belles choses qu'il m'a offertes.
Cet homme impose le respect. Businessman incroyablement ambitieux, créatif, inventif. Père aimant et inculquant à ses enfants les vraies valeurs des choses. Les éduquant en les traitant comme des personnes à part entière, sans les réprimander en public, les prenant toujours à part pour leur expliquer pourquoi ils n'auraient pas du faire telle ou telle chose, plutôt que de leur crier dessus et de les humilier devant des gens comme le font la plupart des parents.
Une éducation participative favorisant le dialogue plutôt que l'autoritarisme.

Je croise les doigts.
Je sais que j'ai bien comme 25 kg de trop.
Ça va me coûter un bras, ça c'est certain.
L'hôtesse m'informe qu'il y a comme une faille dans les conditions générales de la compagnie aérienne qui va me reconduire en France.
En effet, je ne peux pas dépasser 60 kg pour les deux valises - j'ai 80 kg - mais qu'une troisième valise me coûterait 35 $ et qu'ils ne précisent pas son poids maximum.
J'achète donc la troisième valise, y mets tout mon extra.

J'ai envie de dire : chance de cocu ?
Whatever !
J'embarque donc dans l'avion.
Comme à l'aller il y a dix mois de cela : dévastée.
Heureuse et triste. Excitée et effrayée.
Une heure après le décollage nous atterrissons à Chicago.
Ma correspondance est dans huit heures. J'ai comme une journée à tuer, enfermée en salle d'embarquement.
Je me trouve donc un coin tranquille où, allongée sur des sièges inconfortables, je passe ma journée à lire, regarder des séries américaines... A éviter de penser, de cogiter...
Je m'empiffre de chips, si vous avez besoin d'un avis sur une saveur, demandez, j'ai tout testé !
Je m'endors même si je ne veux pas.
Je me réveille, rassemble mes affaires, nous embarquons.
J'ai peur. Il me tarde de voir mon amoureux, mais j'ai peur.

Bien installée dans mon siège, j'avale les somnifères que Gurpreet m'a donnés, pour que le temps passe plus vite.
La gélule ne fait pas effet de suite, mon cerveau m'entraîne sur un terrain glissant, mais je le suis sans trop me battre.

Et si avec H. ça ne marchait pas ?
Je vais retrouver mes amis de soirées délurées, je vais devoir être sage, fini de se la coller et de faire la dingue.
Je rentre, je vais me chercher un travail, je suis en couple, je ne suis plus la même personne, je ne vais pas reprendre la vie comme je l'ai laissée.
Cela me fait peur.
J'aimais bien cette vie de débauche...

J'en oublierai presque mes douloureux moments de

solitude. Face à moi-même le lendemain matin, après la cuite.
Face à une fille aux yeux cernés de mascara, les cheveux en pétard, mal au crâne.
Face à une traînée qui ne sait pas où elle va.
Non je n'ai plus peur, je sais que je serai plus heureuse désormais.
J'ai une raison de rentrer dans les rangs.
Lui.
Je crois en moi.
Je vais trouver un travail rapidement.
Je crois en moi.
De toute façon, le rêve ne pouvait pas durer indéfiniment.
Il fallait bien, un jour que je commence à construire ma vie, reprendre mes responsabilités. Retrouver les factures d'électricité, le loyer, le téléphone à payer, le crédit auto à rembourser, les courses à faire...
Vivre seule, dans un appartement trop petit.

Revoir mes parents.
Leur raconter mes histoires qu'ils n'écouteront pas.
Attendre d'eux l'amour qu'ils ne me donneront pas.
Chercher une fierté dans leur regard que je ne trouverai pas.
Je pleure, je sais que je fais une connerie, que j'aurais dû prendre l'autre avion.

Mais je suis une grande fille et je vais faire face, je vais encore une fois, serrer les poings, me mordre la lèvre et avancer !
La gélule fait effet et au dessus de l'Atlantique, une fille perdue s'endort et fait un rêve réconfortant où tout lui sourit.

DOUCHE FROIDE

Après un stop de deux heures à Dublin où je redécouvre l'emmerdeur de français à l'étranger, j'arrive enfin à Toulouse Blagnac.
Nous y sommes. Et moi, comme toujours, je suis trop sensible, ou peut être que j'aime les clichés, alors je me mets à pleurer en voyant mes parents, mon meilleur ami François et ma petite Clairette m'accueillir à l'aéroport.
Ils n'ont pas changé.
Mes parents sont différents eux. Ils semblent aigris un peu, ont des nouvelles rides, sur le front pour papa, sous les yeux pour maman.
Je suis contente de les voir, ils me serrent dans leurs bras.
Dans ma tête il n'y a plus de place pour les regrets, pour les doutes, je suis dans la spirale des retrouvailles.

Arrivées en ville nous rejoignons mes amis dans un bar pour le pot de l'amitié.
Revoir des gens qui vous ont terriblement manqué pendant dix mois, c'est comme une fête.
Puis, dans la foule, après sa sortie du travail, sortant de la masse, détonnant avec le décor, peau bronzée, T-shirt blanc, yeux brillants et cheveux en bataille, mon ange apparaît.
Enfin.

Je lui cours dans les bras, lui saute au cou.
Mon cœur bat à nouveau.
Mon apnée s'arrête, je peux respirer à nouveau.
Je lui raconte combien je suis déboussolée, mais que maintenant qu'il est là tout va mieux.
Être tenu par la main par l'homme que vous aimez dans ce monde de fou, c'est comme avoir une énorme gourde d'eau dans un désert. C'est comme avoir Édouard à ses côtés et être Bella. (Ah ! Ah ! Ah ! Je me marre en vous imposant cette comparaison à chier, mais je viens de passer devant l'affiche de leur prochain volet dans le métro et j'ai trouvé ça plutôt parlant. Pour ceux qui connaissent bien sûr). Ça vous garantit la survie.

Je finis cette soirée, le cœur plein d'amour des gens qui m'ont tant manqué, les yeux brillants.

Réveil le lendemain. J'ouvre les yeux.

Ces yeux qui hier brillaient, aujourd'hui ne savent pas reconnaître le décor qui les entoure.
Je regarde le plafond. Reconnais la chambre. La chambre d'amis de chez mes parents. Les meubles n'ont pas bougé. La musique me parvenant du salon est toujours la même.

Ne me dites pas que ce n'était qu'un rêve.
Ai-je rêvé ce voyage aux USA ?
Ai-je rêvé le retour de mon prince dans ma vie ?
Et, si je me réveillais, ce matin, ayant tout perdu.
Et si tout ceci ne s'était pas réellement passé ?
Si Michael Jackson était en train d'écrire sa dernière chanson. Et si les États-Unis subissaient toujours la présence de cet abruti de Bush au pouvoir, et si le petit

bout de mon intestin était encore là ?
Et si mon cerveau avait juste recopié l'image des plages des films, si je n'avais pas dégusté cette pina colada, pieds brûlés par le sable mexicain.
Si le toucher du dos d'un dauphin n'était que ma main se perdant sur ma table de nuit...
Et si…
Cette idée m'effraie.
On ne peut pas m'enlever tout ça ?
M'arracher, que dis-je !
En même temps tu crois vraiment que tout ceci te serait arrivé pour de vrai ?
Sérieusement ?
Ma petite Noah !
COME ON ! !
Je n'ose même pas allumer la lumière.
C'est atroce ce que je ressens.

Ce matin, j'ai six ans, et je viens d'apprendre que le père Noël n'est qu'une supercherie.

Ce matin, j'ai quinze ans, je me lèche les lèvres, m'essuie les mains après voir dégusté le meilleur steak de ma vie et mon frère d'un air d'enculé point trop joué, m'annonce que je viens de manger du cheval.
Alors ce matin, je me lève d'un bond, je me jette sur l'interrupteur.
Je suis dans ma chambre chez mes parents.
Horrible.
Le rythme de mon cœur s'accélère, j'ai envie de pleurer.
Dans le couloir il y deux grosses valises !
YEAH !
J'ai les larmes plein les yeux, m'en fous si vous en avez

marre que je pleure.
Je pleure !
Je ne suis pas prête à quitter ma chambre et à déjeuner avec mes parents.
Alors j'ouvre mon Mac, je me plonge dans mes albums photos. Je caresse l'écran en voyant le visage des gens que j'aime, de ces gens qui m'ont tant donné, qui m'ont tant aimée.
Je ferme les yeux et me téléporte dans un 4x4 face à une route enneigée.
Je me téléporte sur un bateau avec *The Cure* en fond sonore. Je me téléporte et je me sens si bien.

« Ah ! Noah tu es réveillée, tu viens déjeuner ? »

Le charme est rompu.

Arrivée en France depuis quatre jours, je décide - ne me demandez pas pourquoi - de consacrer mes deux premières semaines à mes parents.
Profiter d'eux, passer du temps avec eux, tel était le but.
Comme ils sont tous deux en congés, nous allons dans leur grange en montagne.
Même si la seule chose que je veux est d'être auprès de l'amour de ma vie que je n'ai pas vu depuis des mois, je suis là, avec eux, pour ne pas les froisser.
Je me remets du décalage horaire en faisant des nuits de dix heures de sommeil.
Je suis toute chamboulée de retrouver ma vie, exactement comme je l'ai laissée. De revivre ce quotidien barbant. Tout retrouver à sa place. Je m'ennuie. Mais j'ai de quoi faire, je dois me trouver un travail et les réflexions de mes parents n'enlèvent rien au stress qui me gagne un peu plus chaque jour. Mon compte en banque est vide, je ne touche pas encore le chômage, je vis chez mes parents, je suis, comme qui dirait, plongée brutalement dans le bain de la vie.
N'ayant pas de téléphone portable, je réceptionne les appels de mes amis sur celui de ma mère.
A midi, nous recevons mon oncle Bernard, ma tante Elise, ma cousine Karine et son fils Yannis à manger. Je les adore.

Après avoir dit au revoir à mon amoureux à l'autre bout du fil, je veux lui envoyer un message pour lui dire que je l'aime.

En fouinant dans la boite de réception du téléphone, mes yeux s'écarquillent en tombant sur le message d'un certain P. L.
Ce nom me dit quelque chose…

« *Hier soir je suis allé au cinéma tout seul et je n'ai pas arrêté de penser à toi, il me tarde de fouetter à nouveau tes petites fesses.* »

Mon cœur fait un bond.

Ma gorge se sèche, mes yeux scintillent.
Ils ne sont pas habités par des étoiles mais par des éclairs !
Mon monde, mes croyances s'écroulent tout autour de moi. Mon ciel s'obscurcit.
En me faisant violence, je me dis qu'il ne faut pas se fier aux apparences et refusant d'y croire, je décide d'envoyer un message au cas où ce message était une erreur de destinataire.

« ? »

L'enfoiré ne met pas deux secondes à répondre :

« *On se voit dimanche ?* »

Mon sang ne fait qu'un tour !
Pendant que papa va seul en montagne, et que toi tu restes à la maison, sous prétexte d'avoir trop de travail, tu te fais fouetter le cul par ce putain de P. L, que je suis sûre de connaître !
Papa... Mon petit papounet d'amour...
Comment oses-tu ?

C'est un homme merveilleux, pourquoi t'aime-t-il ?
Pourquoi bordel ?
Comment passer du rêve au cauchemar, en moins d'une semaine ?
Comment passer du paradis à l'enfer !
C'en est trop !
Comment oses-tu ?
Mais qui est ce type ?
Depuis combien de temps ?
Oh, mon Dieu ! Mon corps est traversé de spasmes. J'ai chaud, j'ai froid, je suis une bombe, je vais exploser de me contenir.
Je me dirige dans la cuisine où ma mère prépare le repas.
Je repose le téléphone à sa place.
La regarde et ai envie de vomir, de lui hurler dessus.
Je ne pourrais jamais me remettre de tout ce que tu me fais endurer.
Je la regarde et me contient, face à elle j'implose mais elle ne le voit pas.
Nos invités viennent d'arriver.
Ma mère me dit de ne pas rester là, comme ça, au milieu de la cuisine sans l'aider.
J'ai envie de te gifler.
J'attrape les assiettes et m'en vais mettre la table, plutôt que de les lui envoyer à la gueule.
Pourquoi fais-tu tout pour que je sois écœurée de toi ?
Durant le repas, je suis un zombie. Elle me parle, je l'ignore, je n'arrive pas à la regarder.
Ma tante s'offusque de me voir si désagréable.
Mon père se contente de faire comme si de rien.
De toute façon, je me suis toujours mal entendue avec elle.
Personne ne remarque mon changement radical d'attitude
Ça ne choque personne ?

A l'abri des regards, dans la cuisine ma mère m'agrippe le bras et me demande quel est mon problème.
« Si tu savais ! Ne me tente pas de te le dire, car je pense que tu préfèrerais que je la ferme, crois-moi ! »
De grands yeux écarquillés, elle reste muette.
Tu m'étonnes, t'as quelque chose à te reprocher, hein ?
Je retourne à table, le cœur au bord des yeux.
Je n'ai pas touché à mon assiette, du coup mon père me prend la tête...
Si tu savais, papa, si seulement tu savais.
Quoique, si tu savais, tu serais atrocement triste, je t'aime et je ne supporte pas de te savoir souffrir.
Ça, je ne suis pas capable.
Ma mère est toujours dans la cuisine.
« Papa, ça me dit quelque chose P. L., c'est qui ?
- Ah, c'est un photographe très sympa. Tu te souviens, on est allés le voir à Bordeaux avant que tu partes aux USA. Avec sa femme très gentille elle aussi et ses deux fils... Ils sont venus passer quelques jours en montagne en début d'été… »
Avant de lui exploser au visage, je quitte la table et pars hurler mes tripes dans ma chambre.
Ce n'est pas possible !

CE N'EST PAS POSSIBLE ! ! ! ! ! !

Nos invités partent et je m'en veux de ne pas avoir profité d'eux. Je m'en veux de m'être comportée si mal en leur présence.
Mon père est loin dans le jardin.
Dans la cuisine je trouve ma mère seule.
« C'est qui P. L. ? »
Elle baisse la tête et se met à pleurer.

« Tu pleurais aussi quand il te fouettait tes petites fesses ? Hein ? Tu me dégoûtes ! Tu n'as pas honte quand tu te regardes dans le miroir ? Mon Dieu mais comment oses-tu ramener ce gros enculé dans notre maison ? Serrer la main d'un homme de qui il baise la femme ! Ah ça, vous devez bien vous foutre de sa gueule ! Je te déteste ! Tu es un monstre. Tu es une traînée ! Tu es une sous-merde ! Je ne serai jamais comme toi ! Je ne peux pas te regarder sans avoir envie de vomir ! Je ne pourrai plus jamais te regarder en face. Non, non… »

Elle ne pleure absolument plus, elle me dévisage, je vois de la haine et de la colère dans ses yeux.

Ce regard me blesse malgré tout.

Je voudrai qu'elle s'explique, qu'elle pleure, qu'elle demande pardon, qu'elle s'excuse.

Mais encore une fois elle me déçoit…

« Tu es contente de toi, tu vas pouvoir foutre ta merde, c'est ce que tu as toujours voulu ! Tu veux faire souffrir ton père ? C'était il y a longtemps, c'est fini aujourd'hui. Aujourd'hui, avec ton père on est bien, on s'aime et tu vas tout détruire. Tu ne veux plus me voir, je suis d'accord avec l'idée, éloigne toi de nous, ce sera bien mieux, laisse nous tranquilles ! De toute façon tu le sais bien qu'on ne s'est jamais vraiment aimées toutes les deux. »

Malheureusement pour moi, je t'aime maman. J'essaie de ne plus rien ressentir pour toi, mais je n'y arrive pas. Je suis sortie de ton ventre quand même, tu m'y as hébergé pendant neuf mois, au cours desquels j'ai hérité d'un amour inconditionnel pour toi. Je n'y peux rien, je voudrais mais je ne peux pas…

Je vis avec l'espoir qu'un jour, toi aussi tu m'aimes, et je suis en colère contre toi car je vois bien que tu me détestes plus que tu ne m'aimes…

La colère fait place à la douleur, même si dans le fond, ce n'est que mettre des mots sur une réalité que j'ai déjà pu constater, il y a bien longtemps.
Ça fait mal.

Je tourne les talons et pars marcher pour me défouler.
Ce petit corps qui est le mien est épuisé, chamboulé encore une fois, ébranlé par tant d'émotions…
Je ne sais pas comment continuer à vivre avec ça sur le cœur.
Je reviens, fais mes valises et pars.
Loin.
Le plus loin possible.

Quand j'ai expliqué à mon père que je m'étais disputée avec maman, qu'on ne se supportait plus et qu'il valait mieux que je parte, il m'a répondu qu'à peine revenue je foutais déjà le bordel, qu'il voulait profiter de ses vacances au calme et qu'effectivement, vu l'ambiance, il valait mieux que je parte.

Je me sens si seule au monde.

Sur le quai de gare, H. retrouve des morceaux de moi qu'il mettra des semaines à recoller.

QUELQUES MOIS PLUS TARD

H. m'a offert des vacances de rêve pendant tout l'été, ce qui m'a réparée un petit peu.

Sa main caressant mes cheveux, pendant que je sèche sur la serviette, face à la mer.
Rien de plus réparateur que de se faire consoler par l'homme qu'on aime.
Nous avons encore toute la vie devant nous.
Le meilleur est à venir.
Reconstruire sa vie.
Apprendre à avancer malgré les blessures.
En sortir plus forte.

Ce qui ne nous tue pas nous rend plus fort.

Il doit bien y avoir un peu de vrai là dedans...

EPILOGUE

Mars 2010
Toulouse

Assise derrière le volant de ma voiture, je me demande ce qui me retient de ne pas foncer dans ce mur, qui se rapproche en face de moi.
J'ai le cœur en morceaux.
Je viens de quitter l'homme que je pensais être celui de ma vie.
Celui avec qui j'allais avoir des enfants un jour.
Ce garçon si bien qui se donnait tant de mal pour me rendre heureuse.
Mais comment pourrait-on rendre heureuse une fille brisée comme moi ?
Je ne serai jamais heureuse.
J'ai frôlé le bonheur un jour, il y a de cela si longtemps semble-t-il aujourd'hui, je l'ai touché du doigt, mais il s'est éloigné aussi vite qu'il était apparu et sans laisser d'adresse.
Je ne sais pas où le trouver.
Je ne sais pas où il se cache.
En tout cas je ne chauffe pas du tout, la direction que prend ma vie m'en éloigne, je suis au pôle nord.
J'ai quitté un travail où mon cerveau commençait à se

ratatiner tellement je m'y faisais chier.
J'étais bien payée pourtant, mais ça ne fait pas tout.
Cela fait trois mois que je cherche un autre emploi sans trouver.
Ma relation avec mes parents est toujours aussi chaotique.
J'ai envoyé un mail à mon frère en début du mois et sa réponse commençait par : «*Qui es-tu pour venir me parler*» et se finissait par : « *Merci de ne plus m'écrire désormais* ».

Je vais chez un psy deux fois par semaine, histoire de bien tourner le couteau dans la plaie encore ouverte.
Ceux que je pensais être mes amis m'ont tous envoyée chier sans même s'être retournés, le jour de mes 24 ans.
Apparemment je suis devenue une connasse prétentieuse, qui gonfle tout le monde avec ses anecdotes sur son année aux USA…

Le mur se rapproche et je n'ai pas encore décidé si j'allais tourner le volant ou pas…

FIN

BONUS
Mes VDM !

Été 2005
Fêtes de Pampelune

Le papi tape sur ma cuisse, comme on accentue la conclusion d'une longue conversation, se lève et part.
Je regarde autour de moi, le soleil cogne douloureusement sur mon crâne.
Ai-je vraiment eu une conversation avec lui ?
Je croyais rêver…
Je vérifie ma montre qui me confirme bien qu'il est encore très tôt.
Mes yeux me piquent, tellement j'ai pleuré.
Les dernières choses dont je me souviens, ce sont d'avoir fait la fête comme jamais, habillée de blanc et rouge, d'avoir été récupérer la totalité de mes affaires vers sept heures du matin dans la voiture de Rémi, afin de rejoindre Claire et Anthony qui rentraient en France le lendemain.
Seulement je n'ai jamais réussi à les rejoindre, saoule, fatiguée, je n'ai jamais retrouvé leur voiture !
J'ai cherché pendant des heures - probablement seulement des minutes.
Je ne parle pas un mot d'espagnol, mon téléphone ne fonctionne pas en Espagne, j'ai bloqué ma carte bancaire en me trompant trop souvent de code. J'avais dix euros en poche que j'ai tout dépensé dans un café en laissant des messages en pleurs à Claire, Rémi, Mathieu, Maxime et Anthony afin qu'ils viennent me chercher.

Décuver dans la panique avec un soleil en colère qui brûle

le sommet de votre tête… Rien de pire au monde ! J'ai soif, j'ai sommeil, je veux un lit, je veux une douche, je veux rentrer chez moi, je veux dormir.

Vers onze heures, Rémi me bouscule pour me réveiller :
« Noah, Ah ! Ah ! Ah ! T'as une sale tête, qu'est-ce que tu fous là ? Pourquoi t'es pas revenue à la voiture, on était à même pas cinq cent mètres de toi… »

Juin 2006
Chez papa maman

J'émerge.
Maux de crâne.
Gorge sèche.
Très soif.
Dents crades.
Goût immonde dans la bouche.
Envie de faire pipi.
Face au miroir je découvre un cadavre cerné.
Fais des grimaces pour tester l'élasticité de mon visage.
Me jette de l'eau fraîche au visage.
Me lave les dents.
Le goût du dentifrice me fait vomir.
DUR ! ! !
Je saute sous la douche pour faire descendre la température élevée de mon corps.
L'eau glacée me fait un tel bien.
Ok, effacer les traces extérieures d'alcool et de saleté, c'est fait.

J'ai un flash.
Hier, en rentrant je n'ai pas trouvé mes clefs de maison.
J'ai sonné et réveillé ma mère vers 7 heures.
Il est où mon sac ?
Je m'appelle avec le téléphone de la maison.
Répondeur.

Mauvais signe.
Pas possible de faire sonner mon sac…
Je me souviens alors l'avoir laissé dans la voiture d'Emilie.
Envoie un message à Emilie, via Facebook, pour qu'elle me rappelle dès son réveil.

Elle n'a pas non plus mon téléphone, elle a fouillé partout.
Je prends le 4x4 de papa et maman et vais récupérer mon sac chez elle.
Effectivement pas de téléphone.
Fuck !
Je pars à Paris pour une semaine et sans mon téléphone, ça va être la merde.
Direction la boutique Orange pour trouver une solution.
Sur le chemin du retour je veux écouter la musique de mon MP3. Il ne marche plus. Je le regarde de plus près. Il y a comme une empreinte de talon aiguille sur le dos de l'appareil. Je pense qu'il est *dead.*
Bon bilan cette soirée !
Chez Orange il y a bien une heure d'attente. La boutique ferme dans deux heures, on est samedi et je pars lundi à Paris.
Je m'impatiente. M'embrouille avec une cliente qui tente de passer devant moi.
Engueule le vendeur qui ne peut pas me venir en aide comme je l'aurais espéré…
Dégoutée de découvrir que Orange ne peux pas m'aider, je me paie un téléphone immonde pour une centaine d'euros, ainsi qu'une nouvelle carte SIM.
Le soir, épuisée de cette journée de merde, je me couche, cherche mon doudou sous l'oreiller et y découvre mon téléphone portable qui y dort tranquillement, depuis ce matin…

Le 4 Avril 2007
Toulouse

J'en ai marre de ses excuses à la con ! Quand est-ce qu'il va comprendre que je le quitte vraiment ?

Voilà, c'est fait. Je me suis toujours demandée ce que cela faisait de sortir avec un con, bé voilà. Je sors avec un connard. Et c'est plutôt drôle, car je maîtrise totalement la situation.

J'ai rencontré ce con lors d'une soirée.
Les signes avant-coureurs étaient assez explicites.
Il était venu me parler, une fille était venue lui faire une scène, ils s'étaient disputés, elle était partie en pleurs, lui était revenu me voir. Je lui avais expliqué que les drames ce n'était pas pour moi, et que apparemment, il avait des choses en suspend à régler avec cette fille, avant de tenter quoi que ce soit avec moi.
Evidemment, comme le con est toujours vêtu d'un visage irrésistible, je lui avais tout de même donné mon numéro.

A cette époque j'étais célibataire et essayais d'oublier Rémi. Ce n'était pas forcément évident d'y parvenir, étant donné que nous couchions ensemble environ un soir sur deux.

Je recroisai le con lors d'une soirée. Il n'avait pas

encore fait usage de mon numéro pourtant lorsqu'il posa ses lèvres sur les miennes, je ne le repoussais pas.
Le con semblait riche étant donné qu'il me payait tout.
Le con est souvent macho.

Ce con là était macho et très possessif. Il était malgré tout attachant.
Nous avons eu nos moments de complicité.
Une fois, alors que nous achetions de quoi manger pour le repas du soir, je choisis une pizza tomate-fromage-jambon. Il me dit qu'il préférait la tomate-fromage, j'insistais car elles étaient au même prix, alors autant prendre celle avec le jambon !
Je mis un petit moment à comprendre que le con ne pouvait pas manger de porc, car il était juif.
Mais une fois que cela fut fait, je ne pouvais pas m'empêcher de lui faire des blagues à la con (faites juste pour lui).

Le vendredi est un jour saint, le Shabbat, qui est le jour de repos assigné au septième jour de la semaine juive qui commence le dimanche, ou plus exactement le samedi soir.
Il est observé par beaucoup de juifs, indépendamment de leur degré de pratique. Il commence le vendredi, 18 minutes avant le coucher du soleil et se termine le samedi après l'apparition des 3 premières étoiles, soit une durée variant entre 25 heures et 25 heures 30 selon les saisons.
Le shabbat est également jour chômé officiel en Israël, et outre les magasins, les transports publics ne fonctionnent pas.
Ce jour-là, le con ne pouvait ni toucher de l'argent, ni utiliser les technologies électroniques (téléphone, porte

électrique, ascenseur…) ni avoir de relations sexuelles.

Mon vice avait de quoi faire, lui jeter des euros à la figure, refuser de lui tenir la porte de mon entrée d'immeuble, lui faire des strip-teases bien émoustillants…

A part nos moments de rigolade, le con a refusé de me donner son numéro de téléphone les deux premiers mois de notre « relation », en trois mois je n'ai jamais mis les pieds chez lui, en soirée il ne me laissait pas adresser la parole à un autre homme et m'ordonnait de ne jamais allumer la lumière lorsque nous faisions l'amour. Oui, en trois mois je ne l'ai jamais vu nu ! Quel con !

Aussi, il se permettait de draguer les filles par-dessus mon épaule, étant dans la voiture à côté de la sienne au feu rouge, de prendre des numéros devant moi en soirée…
Et comme je ne suis pas une victime et que je ne voulais pas le laisser seul, se comporter mal, moi de mon coté je continuais à voir Rémi.

J'étais honnête avec lui, je lui disais que j'étais certaine qu'il me trompait et que de toute façon ce n'était pas grave car j'en faisais autant, mais il ne me croyait pas et me serrait dans ses bras en me disant qu'il adorait mon sale caractère et qu'il n'y avait que moi. Plusieurs fois, quand il ne me donnait pas de nouvelles durant plusieurs jours, je le quittais, mais à chaque fois il débarquait en bas de chez moi, bouquet de fleurs à la main, excuses et mots d'amour plein la bouche, et je craquais…
Un soir, il est même venu en bas de chez moi, pneu de voiture crevé pour me prouver que non, il ne me mentait pas !

Ce soir, il est assis dans mon canapé, moi j'en ai plus que marre qu'il me prenne pour une imbécile, en plus il ne devait pas passer et j'avais prévu de manger avec Rémi, qui m'attend depuis plus d'une heure chez lui, mais le con veut me voir et passer la soirée avec moi.

Pendant qu'il me raconte sa vie, Rémi m'envoie des SMS pour savoir ce que je fais.

Je lui réponds : « Ecoute, y'a l'autre con qui veut pas entendre que je le quitte, mais t'inquiète, il va bientôt bouger, réchauffe les draps chéri, j'arrive, et je vais y foutre le feu ».
Appuis sur la touche ENVOYER, machinalement et comprends ma connerie au moment où le téléphone du con se met à sonner.
Aoutch ! !

Dénouement ? Evidemment, je fais semblant de retenir son téléphone pendant qu'il tente de me l'arracher des mains les deux premières minutes, puis, sans réelle conviction, je cède et le lâche.
Il lit le message, rigole et me dit: « Ma puce, pas besoin d'inventer des scénarios aussi tordus pour me rendre jaloux »…

Il m'a fallut plus de trois semaines pour le quitter en ignorant ses appels et ses SMS, en fuyant les endroits où il sortirait, en faisant dire à ma coloc que je n'étais pas là…

Printemps 2007
Une soirée - Toulouse

Ce soir, je suis en boite de nuit avec mes cousines, alors que nous nous sommes enivrées avec des alcools divers et variés ; nos corps se courbent, se tordent, tanguent, valsent, au rythme du son et des stroboscopes sur le *dance floor.*
Au moment de quitter les lieux, nous avançons difficilement dans la foule, mes cousines tirent ma main, elles sont devant moi, je croise un garçon qui me regarde et je sens une main empoigner ma fesse droite, et quand je dis empoigner, c'est à pleine main !
Je me retourne révoltée, cherchant du regard le coupable, le même garçon se retourne, je devine qu'il s'agit de lui et lui balance violemment ma main en pleine figure en réponse à son geste. En le traitant de sal con.
Lui reste scotché et me regarde avec de grands yeux, interloqué. « Ma chérie, c'est moi qui viens de te mettre la main aux fesses » me dit à l'oreille la voix d'une de mes cousines.
Je regarde le garçon, au bout de son bras, sa main est accrochée à une autre main. Cette main accrochée au bras d'une fille.
Sa copine, je présume.
Oups !
Pendant qu'ils se disputent, je m'éloigne, tête enfoncée dans mes épaules.

Printemps 2007
Une soirée - Toulouse

Je trouve ce garçon drôlement chou. Je ne suis pas du tout timide ce soir, car l'alcool m'accompagne. Alors je lance des regards de braise au concerné, qui semble également être sous le charme. Moi sous le sien. Lui sous le mien.
Ce soir je suis avec Vince. Un ex qui est devenu aujourd'hui un ami avec bonus de temps en temps. Mais pas ce soir, enfin pour le moment.
Je m'entends super bien avec Vince. Vince c'est aussi un ami de mon frère, c'est cependant le seul avec qui je suis sortie.
Vince est très beau.
Nous pourrions former un très beau couple, mais nous ne formerons plus jamais un couple. Je ne suis pas amoureuse de lui et il me semble que lui non plus.
Nous quittons le bar pour nous rendre dans un club de la ville, le Sept.

Après quelques verres supplémentaires, je me dirige en direction des toilettes, afin de libérer de la place dans ma vessie. Mon chemin croise celui du bel inconnu du bar. Il m'arrête et engage la conversation en me demandant mon prénom ; je lui donne un faux et quand il veut me donner le sien, je lui dis qu'on s'en fout et l'embrasse.

Après quelques instants, je poursuis mon chemin.
A mon retour, comme l'inconnu sans nom avait disparu, je rejoins Vince au bar.
Il me sert un verre ; sans savoir quel en est le contenu je le bois d'une traite.
Un whisky coca !
Je ne supporte pas le whisky coca.

Alors mécontent, mon estomac expulse la totalité de ce que je viens d'ingurgiter sur les chaussures de la personne se trouvant à ma droite. Personne, probablement aussi saoule que moi, à en croire sa non-réaction. Je m'essuie la bouche, me redresse et avant que je raconte à Vince ce que je viens de faire, il glisse sa langue dans ma bouche.
Beurk !
Ce n'est peut être pas la peine de lui raconter après tout…
Nous quittons le club peu de temps après, au vu de mon état. Je ne tiens plus debout, mais reconnais tout de même le bel inconnu avant de passer la sortie et m'approche de lui pour je ne sais quelle raison. Il discute avec quelqu'un du sexe masculin. Je lui tapote l'épaule en disant :
« Hey excuse-moi ? Hey, je ne sais pas quel prénom, excuse-moi, hey ? »

L'inconnu beau mais méchant, se retourne, me dévisage et levant sa main en signe de stop me répond d'un ton méprisant : « Désolé mais je crois que ça ne va pas être possible » et se retourne. Mentalement j'évite ce vent monumental comme Néo évite les balles dans Matrix.

La soirée se finit, assise sur ma baignoire, en culotte, cheveux dans la main de Vince en train de vomir mes tripes dans le fond de ma salle de bains.

Printemps 2007
Une soirée - Toulouse

Hum... Cela fait bien 20 minutes qu'on s'observe depuis chaque côté de la pièce, lui entouré de ses amis, moi des miens. C'est qu'il est drôlement mignon ce con.

Plus tard dans la soirée.

Je me dirige en direction des toilettes, un petit coup dans le nez.
A ma sortie, grande surprise, il est là. Le coquin il m'a suivie jusque dans les toilettes et il va enfin m'aborder. Il était temps tout de même. Je lui souris, il me répond. Pendant que je me lave les mains qui sont propres depuis sûrement déjà longtemps, lui ne me dit absolument rien. Il est peut être timide et attend que ce soit moi qui fasse le premier pas. Ou, en l'observant dans le miroir, il est venu me rejoindre aux toilettes pour m'offrir une chance de l'aborder, un peu prétentieux lui.
S'il croit que c'est moi qui vais craquer en premier, il se fout le bras dans l'oeil, pour la peine je ne vais rien faire du tout.

Alors que ma main est en train de tourner la poignée de la porte de sortie, je jubile en l'entendant m'interpeller " Hey, excuse-moi, mademoiselle. "

Ah ! Ah ! Ah… Je savais que tu allais craquer avant moi, beau gosse. Trop facile !

Enfin tu te jettes à l'eau, mieux vaut tard que jamais. J'allais partir, mais bon, je veux bien te laisser une chance car tu t'es donné du mal quand même. Je l'imagine s'auto stimulant quand je me lavais les mains « Allez ose, allez parle lui, dis quelque chose, putain » ! Et voilà.

Alors, digne des pubs L'Oréal, je me retourne faisant voler ma chevelure chatoyante que chacun sait, extrêmement sensuelle, et, d'une voix mélodieuse, qui se veut de velours, ayant mis des éclairs dans mes yeux, histoire de l'achever, je réplique en toute simplicité, afin de montrer ma détermination, car je suis une femme qui sait ce qu'elle veut :
« Oui » ?
Alors nous nous regardons, on pourrait croire au coup de foudre, tellement on se comprend à cet instant. On pourrait même croire à l'amour, tellement il y a des étoiles dans nos yeux....
Il continue, en me souriant tendrement...
« Je crois que tu as une feuille de PQ accrochée sous ta chaussure, enfin... Je dis ça, c'est pour toi… »
Énorme moment de solitude.
Les colombes sont abattues en plein vol. Le soleil est caché par un énorme nuage noir.
Grosse douche froide sur tout mon corps !
Quelqu'un vient de tirer la chasse et la merde que je suis est chassée dans les canalisations.
Silence.
Juste le temps que je retrouve chacune de mes dents

tombées à terre...
- « Je sais, mais merci ! »
Silence radio... Bip bip.... On l'a perdue... Allo ? Mais répondez... Bip bip...

Le 19 Mai 2008
Paris.
8h00

Ce matin je passe un concours d'entrée pour faire un Master business international à Paris.
Venue à la capitale pour le week-end, c'est Paul, le meilleur ami de mon frère qui me loge sur son canapé.
Paul fait des études pour être avocat et il est l'exemple même de l'homme parfait à épouser.
J'ai été amoureuse de lui de 10 ans à 16 ans.
Un jour Paul m'a dit qu'il m'aimait.

Enfin il ne me l'a pas vraiment dit, il me l'a crié par la fenêtre, alors que je m'éloignais dans la rue.
J'ai attendu pendant des années, pendant mon adolescence, et Dieu sait combien le temps semble plus long durant cette période, oui et bien j'ai attendu qu'il daigne un jour poser un regard sur moi, et ce jour-là en entendant son aveu, alors que dans la pièce où cette fenêtre est accrochée, tous ses potes peuvent être témoin de la scène, et bien, ce jour-là, je ne suis plus amoureuse de lui. Ses mots sont simples, banals mais magnifiques, le geste est chevaleresque... Le prince enfin se déclare... Mais la princesse est loin déjà.
Encore un manqué !
Aujourd'hui ami et simplement ami, il m'héberge, car je passe un concours pour entrer dans une école pour passer

un Master en alternance et ce, malgré le non soutien de ma famille.

Mon réveil sonne et Paul est déjà parti ; je me jette sous la douche. Et alors que j'ai du savon plein les yeux, du shampoing plein les cheveux, plus d'eau chaude !
Obligée de me rincer à l'eau glacée, mais j'en ai vu d'autres. Face au miroir je m'apprête à mettre mes lentilles. En ouvrant mon porte-lentilles, je découvre une de mes lentilles mensuelles coupée en deux. Qu'elle conne, j'aurais dû faire attention en vissant le couvercle.
Et *fuck* !
Et pour couronner le tout, j'ai oublié mes lunettes ! ! !
NOOOOOON !
Là par contre, c'est vraiment la merde car sachez-le, je ne vois pas à un mètre nettement ! Sérieusement ceux qui partagent mon handicap savent ce que c'est que de se balader dans la rue en ne voyant que des silhouettes, que des Playmobil sans détails sur le visage !
Bon pour la peur de croiser une connaissance sans la reconnaître, ça ne risque pas de m'arriver ici.
J'hésite tout de même cinq minutes à en mettre qu'une mais abandonne l'idée farfelue et sors dans la rue peu rassurée...
Au métro la machine ne fonctionne pas, par chance il me reste un ticket. Je dois prendre la ligne 3, vois l'entrée qui y mène et valide mon ticket, pour me retrouver finalement face à un 9 !
Oh non, il faut que je ressorte pour entrer par une autre porte mais je n'ai plus de ticket ! ! !
Alors, j'attends deux bonnes et longues minutes qu'un inconnu veuille bien que je rentre avec lui, obligée de lui raconter mon pseudo malheur de taupe.

Arrivant sur le quai alors que je ne pense pas pouvoir rentrer à temps dans le métro déjà là, je me mets à courir, le sol est glissant, mes semelles lisses, mon pied gauche glisse me forçant à réaliser le grand écart que mon corps peu souple ne me permet pas de faire en temps normal ; par je ne sais quel miracle, arrive à me redresser sans tomber et à me projeter dans le wagon où un silence de mort laisse cours à mon imagination. Et pendant que les portes se referment, je me retrouve face à plein de gens qui ont vu ma galipette et pourtant restent totalement de marbre et là je suis prise d'un énorme fou rire devant tous ces robots.

Le silence de tous ces cons qui font la gueule et ce début de matinée épuisante me poussent dans les bras de Morphée, et alors que je suis en retard à mon entretien, je passe devant mon arrêt et mon rêve continue…

Dénouement : je suis arrivée avec trois quart d'heure de retard à mon entretien, l'ai tout de même réussi, ai été acceptée pour la rentrée 2009, mais vous connaissez la suite, je n'irai jamais à Paris…

Mai 2010
Toulouse

Sortir avec un radin.
Alors déjà vous n'êtes pas trop motivée par l'idée. Le type vous drague, depuis des mois, mais vous n'arrivez pas à trouver le truc chez lui, qui vous donnera envie de lui sauter dessus.
C'est chouette d'avoir quelqu'un qui vous court après, même si vous ne faites que dire non. C'est flatteur, rien à redire.
Ce soir, il vous invite au cinéma. Enfin en partant du principe qu'il vous court après, qu'il veut faire bonne impression et surtout que l'idée vient de lui, vous en déduisez qu'il va vous inviter.
Arrivée devant les caisses, par politesse, vous sortez un billet de dix euros.
La place est à 4,80 euros.
Lui sort un billet de cinq.
Là, il passe un peu pour un con.
Vous prenez son billet de cinq et payez avec votre dix.
L'hôtesse vous tend la monnaie.
Vous la prenez et le type ose vous dire que vous lui devez vingt centimes.
Chéri, vends-moi du rêve.
Dans votre tête vous ne chercher plus, ce type est un trou de balle !

Juin 2010
Festival Inox

J'ai rejoint Julie et son copain chez des amis à eux, assez tard pour qu'ils aient eu le temps de prendre de l'avance sur la consommation d'alcool.
Alors bêtement, je bois beaucoup et très vite, afin de les rattraper.
Au bout de deux heures, alors que je les ai largement devancés, nous nous dirigeons à la recherche d'un taxi, place du Capitole.
Je ne marche déjà plus très droit.
A cinq cent mètres de l'entrée de la boîte, le taxi nous invite à descendre. Trouvant les derniers mètres à parcourir trop difficiles, je me cherche un autre taxi.
Julie s'amuse et me materne.
Arrivés devant la boîte, une longue file d'attente nous accueille.
Me croyant privilégiée, je passe devant tout le monde et me dirige vers les videurs, leur explique que je ne souhaite pas attendre et que je veux rentrer de suite.
Naturellement, ils m'envoient chier, Julie s'excuse pour moi et nous attendons notre tour, pendant que je parle à tout le monde.

Sur les touches de la machine à carte bancaire, je tape ma date de naissance, je tape mon numéro de téléphone.
Les connexions dans mon cerveau ne semblent pas bien

fonctionner. Julie qui regarde par-dessus mon épaule, comprend que mon cas est désespéré et me rend ma carte pour payer elle-même mon entrée.

Je me dirige alors, telle une furie vers le *dance floor,* dans ma course arrache des mains le téléphone portable d'un inconnu, quelqu'un est en ligne, j'engage donc la conversation.

L'inconnu s'énerve, Julie s'excuse, son petit copain lui restitue son téléphone, je repars en boudant.

Les gens n'ont aucun humour ce soir !

Sur le *dance floor,* je danse comme une chatte en chaleur entourée de matous affamés.

Le copain de Julie, se sent obligé de me paterner afin d'éviter les abus de ces chats de gouttière. Moi, je m'amuse comme une petite folle, j'ai l'impression de voler à dix centimètres du sol, de me déplacer en flottant. Je ne tiens plus debout, alors me rattrape sur les gens. Certains sont contents de me retenir dans leurs bras, certaines se comportent en vraies salopes, en commençant à me chercher.

Je leur casserais bien la gueule, si j'en avais la force, tiens !

De toute façon, on se fait chier à cette soirée trop longue.

Je suis là depuis vingt minutes mais ça semble une éternité.

Je me dirige alors vers la sortie.

M'entretiens avec les videurs.

Ces derniers ne veulent plus me laisser rentrer. Mes amis sont dedans, je suis seule et je ne connais personne. Je suis loin de chez moi, je ne peux pas rentrer en voiture. Je ne peux pas conduire dans cet état !

Ces enfoirés me traitent de vieille pute de française. Je suis outrée et m'avance vers eux pour coller une gifle au raciste qui vient de m'insulter. Son pote met son bras

devant moi pour m'arrêter, le raciste s'avance et me pousse en arrière, déjà que je ne tenais pas debout !
Je bascule, perds l'équilibre et tombe, me cognant le front contre le bitume.
Je suis à genoux devant eux, humiliée, en larmes.
Bande de connards !
Ils rigolent.
« Pour qui vous prenez-vous ? Vous êtes des sous-merdes. Vous croyez avoir du pouvoir parce que votre métier, c'est de dire qui rentre et qui ne rentre pas ? Vous avez raté votre vie, alors vous vous vengez sur des inconnus que vous ne serez jamais, et sur des jolies filles, que vous ne baiserez que dans votre imagination ! »
Et je quitte les lieux, sous un flot d'insultes qui me glissent dessus.
De toute façon, je m'en fous, je l'ai déjà fait, je vais rentrer en voiture, et grâce à mon ange gardien, il ne m'arrivera rien !
Sur le parking, je mets dix bonnes minutes à trouver ma voiture. La centralisation doit être cassée, je vais essayer de l'ouvrir manuellement.
Ça ne marche pas.
Bon, ce ne doit pas être celle-là.
Sur le parking je cherche ma voiture.
J'en ai marre, je veux rentrer chez moi !
La boîte est à quelques mètres de chez H.
Malheur !
Je l'ai quitté il y a deux mois.
Je ne peux pas l'appeler… vraiment ?
Bien sûr que je peux !
Allons, c'est H., mon H., ce ne sera jamais réellement fini entre nous !
Je ne connais plus son numéro par cœur.

Je vais lui envoyer un message sur Facebook pour qu'il vienne me chercher.
Oh, oui !
En plus, il me manque tellement !
J'en ai marre de toujours tout gâcher dans ma vie.
Il m'aimait et je l'ai encore quitté, personne ne pourra m'aimer aussi fort que lui, et moi je ne pourrai jamais aimer comme je l'ai aimé. J'ai utilisé tout mon crédit « amour ».
Sur Facebook, je ne le trouve pas.
Je me souviens qu'il y a un 74 dans son numéro.
0674747474 ?
0674 ?
0674000000 ?
Mon téléphone sonne ! !
Il me rappelle ?
« NOAH, putain ! Mais tu es où, j'ai cru mourir d'inquiétude, cru qu'on t'avait enlevée et sûrement violée, merde Noah ! ! Tu fais chier ! ! Mais non, putain ! ! Mais on est venus en taxi bordel, arrête tes conneries. Quoi, les videurs ? On s'en fout, reviens ici de suite, je sors, je t'attends devant ! »

J'ouvre les yeux. Ma tête va exploser… Un coup d'œil à mon téléphone histoire d'avoir des indices sur la fin de la soirée.
Un message texte d'Emilie :

« Noah, c'est quoi cette histoire, tu t'es remises avec H. ? Non t'as pas fait ça ? Puis pourquoi tu as mis son nom sur ton statut Facebook, t'es grave toi, t'as encore bu, t'as encore fait nawak, appelle-moi quand tu te lèves, ça va chauffer ! ! »

Et merde…
Un message texte de Julie :

« Noah, tu fais chier, je sors plus avec toi, tu es ingérable. Que tu veuilles niquer tes soirées, c'est une chose, mais moi, j'ai passé la mienne à me faire du souci pour toi… Tu fais chier… Reprends-toi, bordel ! »

Dénouement ? Ma vie est un grand n'importe quoi. Il faut vraiment que je me reprenne…

Si je touche le fond, peut-être que je pourrai rebondir ?

REMERCIEMENTS

A ma confidente, ma psy, ma sœur, ma mère aussi parfois, mais avant toute chose, ma meilleure amie : Emilie M. Merci d'être dans ma vie et de toujours me soutenir dans mes projets, particulièrement celui-là.
Merci à Sandrine C. pour son aide précieuse.
Merci à Stéphanie L. alias Marseille pour son aide précieuse pour la réalisation de la couverture.
Merci à Lucile R. pour son travail de relecture.
Merci à toutes mes incroyables amies de me supporter, de jouer le rôle de parents quand je suis perdue, merci d'être à mes côtés depuis tant d'années. Je vous aime de tout mon cœur, sans vous je ne suis rien…
Merci à ma famille américaine pour tout et plus encore.
Merci à mes parents, sans qui je n'aurai pas tant de choses à dire et qui, je suis certaine, font du mieux qu'ils peuvent…
Merci et pardon à H.
Surtout merci, mais aussi et surtout pardon…

Imprimé en France sur papier
issu d'une fabrication française

Obtention de la marque Imprim'vert 2013

Achevé d'imprimer sur les presses de l'imprimerie

Centre Littéraire d'Impression Provençal
www.imprimerieclip.fr
contact@imprimerieclip.fr
Numéro d'impression : 13051932

Flashcode
Accés Web

Livre imprimé sur papier labellisé pour une protection des forêts et de l'environnement. (Gestion environnementale *de la fabrication du papier, Intérêt écologique pour une protection et une gestion durable des forêts)*